一千个人回首,便有一千种过往。

——斯捷潘诺娃

三仙汤

高星 著

南京大学出版社

目录

序言 日落西山或文学完蛋的见证者　　001

阿坚

01　少年雷锋　　021
02　领航大哥陈嘉映　　026
03　渐行渐远邹静之　　033
04　兄弟赵世民　　038
05　米洁　　042
06　天顺饭馆的岁月　　048
07　死党狗子　　055

08	遭遇小招	060
09	孙民和那些小兄弟	066
10	与高世良老先生的书信情	074
11	英雄主义情怀	079
12	崇尚张承志	086
13	后旅行与后小组	090
14	传世之作	098
15	诗歌写作的轨迹	103

狗子

01	计委大院的孩子	125
02	四中的调皮学生	131
03	文学的天地	136
04	差点断送《手稿》	142
05	偶像鲁迅	148
06	和太宰治"对饮"	152
07	《一个啤酒主义者的独白》	160
08	《迷途》	170
09	表演艺术家	179

10	酒局明星	189
11	前扑后拥的粉丝	196
12	有关《狗子的饭局》的饭局	203
13	女人缘	208
14	杨柳	215
15	意外的情感	220
16	两座大山	223
17	扯不断的爱与死	228
18	佛系	236

张弛

01	东北少年	245
02	大学里的另类	251
03	西藏历险记	255
04	《幸存者》的日子	259
05	《边缘》人	263
06	《北京病人》	269
07	像《我们都去海拉尔》一样破碎的小说	274
08	像贯口一样的散文	280

09	将诗歌进行到底	282
10	热衷于《西红柿炒自己》	297
11	一张广告脸	304
12	导演电影《盒饭》	307
13	许多电影剧本还没开拍呢	313
14	能力有限的日子	316
15	重组西局书局	320
16	去旅行的距离	328
17	酒战士	333
18	干过的架	339
19	多姿多彩的恋情	343
20	李老鸭	347
21	W姑娘	351
22	《三味线》	354
23	《琉璃琉器》的尘土	357
24	《面具》之隐	364
25	与阿坚	370
26	与狗子	375
27	花甲之年	383

后记　　　　　　　　　　　　　　　　　　389

序言　日落西山或文学完蛋的见证者

那天，我在万圣书园买了一本《文化失忆：写在时间的边缘》。澳大利亚学者詹姆斯在这部号称"现代文明回忆清单"里，记述的是从阿赫玛托娃（A）到茨威格（Z）共计93位"闪耀的群星"与"醒目的路标式人物"。但他们全部来自西方社会。

我在想，如果中国学者要写一部类似的书，肯定也会以西方社会的名人为主。尽管也会包括来自中国的代表人物，但绝不会写成一部只有中国或东方社会代表人物的"现代文明回忆清单"。如果那样，我们也不会用"文化失忆"或"时间的边缘"这样的大词来做书名，一定会在书名中标注"东方"或"华夏"的字样。

那是什么给了詹姆斯这样命名的自信？

云南有家文化公司的老板叫方叉，是张弛的粉丝，他多次赞助北京西局文化圈的活动。最近,他又要在重庆为张弛、狗子、阿坚搞一次活动,但出资方要他把西川请来,作为活动的带头大哥。张弛说,好啊,活动就叫"西局和西川的对话"。

但由于时间排不开,西川来不了,活动也因此搁浅了。可见,西局还是没有西川有名人效应,尽管在方叉那里还行。

西局的西

我出生在北京中轴线西侧的丰台区。之前的工作地点在西交民巷,现在的工作地点是西长安街的西单路口;我住在西城区西直门的人民医院西门;我最喜欢吃的菜是西红柿炒鸡蛋;我喜欢去西藏、山西和甘肃的河西走廊,出了《向着西北走》《执命向西》等书。我的文化圈朋友一个是西局这帮人,还有就是西川,可见我和西的缘分。

说起西局,北京还有两个,也都和我有关系。一个是地名。西局源于西局村,位于丰台区东北部,东邻西三环,南邻丽泽路,西邻西四环,北邻京石高速。西局村原距金中都城西墙以西二里处。据《析津志辑佚》载:元代"南城彰仪门外,去二里许,望南有人家百余户,俱碾玉工,是名磨玉局。"这就是现今西局的地理位置。因磨玉局在城西,故称西局,沿用至今。

《中国古代官职大观》称:"玉局,官署名,俗称磨玉局,元代所设,掌宫廷营造琢磨之工。"由此可见,磨玉局是专为皇家建筑所用材料进行加工的机构,因地处金中都城之西而得名,后成聚落,而成村名。

西局西侧的丽泽桥,因金中都"丽泽门"而得名,金代这里应有一片水泊,因为磨玉离不开水。辽金两朝,不仅统治者沿用中原用玉的礼仪制度,普通人着装也可以使用玉吐鹘(即玉带),玉石用量大增。元代初期,中央政府直接控制和田玉的开采。元中期以后,察合台汗国控制今新疆地区,和田玉或者通过回回商人贩入内地,或者由西北宗王进贡。元朝的琢玉工匠亦多,仅南城就有百余户聚居。

我早年住丰台东大街,离西局不远,我曾在那里首次结婚生子。如今,西局是北京地铁 10 号线和 14 号线西段的一座换乘车站,这里商厦楼宇林立,昔日风景不在。

另一个西局是职业,指西单电话局。我现在办公室的窗户就可以和西局的电报大楼对视。

早年,西单电话局因位于皇城以西,也称西局。光绪三十一年(1905)6月,在西单西斜街的玉皇庙建成电话局。当时租房33间,安装了磁石式人工电话交换机300门,服务范围为皇城外以西、以北(今西城区)地区。1917年9月,民国以来第一个大型电话分局在西单北大街兴建,称西局。

解放前后的西局,电话还需人工转接。当时接转电话的职员不叫话务员,叫接线员,因为转接电话时不需要说话,也称"哑席"。1955年,西局采用捷克交换机A40,容量达到4000门。这时的西局,服务范围西北方向已到达中关村、万寿山等地。随着业务的发展,西局的通信技术也在不断提高,如今,西局的设备容量已达20万门。

因此,西单地区有邮电总局、电报大楼、长话大楼等。我年轻时追星,为给远在美国的成方圆打国际长途,还要骑自行车跑到西单的电报大楼来打呢。

电报大楼作为北京50年代的十大建筑,经历过20世纪八九十年代的门庭若市,如今早已没有了喧嚣,与左邻右舍的大型商场及对面的新办公大楼相比,这里很有闹中取静的意味。如今电报大楼已停业,改作他用。熟悉这段历史的人知道，它的这份安静与从容，来自其厚重的历史积淀和人文内涵。

北京的大，造就了北京人的宽厚，也造就了北京文化的博大精深。

早在1970年春天，北岛在圆明园后湖划船时，听到同学朗诵食指的诗《相信未来》。那一刻，北岛感觉"被唤醒"，食指成了北岛写诗的师傅，从此开始了不一样的人生。多年后，北岛、芒克创办了《今天》，江河、顾城、徐晓等成为新诗潮最早的圈子。

年轻的刑天、黑大春、雪迪、大仙在圆明园成为圈子。

北大的西川、骆一禾、海子、老木成为北大四君子。

芒克、杨炼、唐晓渡成为幸存者。如今还要加上秦晓宇、老贺、戴维娜。

马高明、阿曲强巴、维维是一伙。

木樨地一带的文青邹静之、阿坚、肖长春以及回城老知青陈嘉映、赵越胜等，经常在京城西部甚至香山一带聚会。

进入九十年代，北京诗人文化圈大圈套小圈，层出不穷。

莫非、树才、车前子是第三条道路。

宋琳、赵野、潘洗尘总在一起。

沈浩波、春树、水晶珠链、尹丽川、巫昂是下半身。

阿吾、斯人、苏历铭是不变形。

王家新、孙文波是上苑。

臧棣、西渡、冷霜、姜涛是北大新一代。

老贺、忘汪旺、张爽、陈家坪、杨典是猜火车。

黄燎原、张弛、童蔚、狗子是《边缘》。

骆驼、石涛、艾丹、严勇、张松是《手稿》。

邹静之、张国立、王刚、张铁林是"铁四角"。

苏历铭、潘洗尘、吕贵品、郭力家、朱凌波、李占刚是吉林帮。

杨黎、刘不伟、张羞、小平、小虚、张三、不识北、浅予、李九如是北漂的橡皮。

王家新、多多、蓝蓝、李浩总在一起。

西川、欧阳江河、翟永明总在一起。

芒克、岳敏君、伊灵总在一起。

商震、朱零、陆建总在一起。

崔健、俞心樵总在一起。

安琪、花语总在一起。

邱华栋、周瑟瑟总在一起。

还有黄珂家的流水席……

其实，也就诗人爱抱团，写小说的很少抱团，也很少打架。大浪淘沙后，北京诗人文化圈剩下一些主要是喝酒吃饭的局，经久不息。

东边有艾丹、大仙、张弛、杨葵、唐大年、丁晓禾、全勇先、方文、老狼等组成的局。他们是作家的后代、大院出来的文青、出版商和文学杂志编辑，大多居住在京城东部，活动范围也在那边。

大约在1996年底，住在西边的阿坚在简宁的黄亭子酒吧认识了正在四处组稿的《音乐生活报》的狗子。俩人推杯换盏，说起啤酒、太宰治，一拍即合。从那以后，阿坚几乎天天不是在弟弟处就是在我西直门的家，每拿起电话："新栩呀，喝点吧？"我那时很难理解，朋友怎么能天天在一起？还有说不完的话？后来，我明白了：他们不在乎每天都是重复的话题，他们在意的是每天在一起沉醉。

那时，主要是高岩松、高子鹏、高星（三高）、蓝石、简宁、车前子等，每天陪阿坚、狗子喝酒。从此不再喝白酒的阿坚，开始喜欢年轻落魄的文青。整日在腌臢小馆吃喝，形成一帮小兄弟酒局。先后有小招、孙民、曾德旷、无聊人、小力等无业游民诗人。

狗子当时还在和东边的张弛一帮人混,他常常疲于奔命在北京东、西两大饭局,成为京城饭局的明星。阿坚、张弛也成了狗子的两座大山,他俩一人攥一条拴狗的链子。

尽管阿坚、张弛早年都认识,没什么大的梁子,但在狗子面前,也有点争风吃醋,各怀鬼胎。

由于张弛毕竟也住在西边木樨地,和东边日益飞黄腾达的气质渐行渐远,尽管不认同阿坚的破罐破摔样,但也能在碰杯中找到接近的人生观。加之心疼狗子的奔波,终于和阿坚这边整日混在了一起。老话说"一山不容二虎",但他们为和狗子平起平坐,终于走到了同一个饭桌前。可以说,是狗子把原本势不两立的阿坚和张弛撮合在了一起。

由于张弛的加入,自食其力的丁天、李晏、中段、老楼、杨王爷、陈斌、陈飞等也壮大了西部饭局。

大概在2010年左右,来自东边的丁晓禾,有时也和张弛聚一次,他把这种行为称作东西两大饭局的联欢,可以说是他首次创建了"东局""西局"的概念。

我曾在写阿坚的一篇文章中分析过北京的几大饭局:

> 京城五老大:阿坚带的全是小男孩,喝酒,打架,

离婚，离职，穷困潦倒，最终疯掉，文本皆流水，无出版；杨黎带的全是小哥们，北漂，出版，人模人样，文本皆神似废话，有《橡皮》阵地；大仙带的全是90后美女，呼风唤雨，时尚文青，互粉饭局；张弛带的全是老男人、嫩女孩，大酒，大局，有钱；骆驼，高素质，严把关，有规则，办《手稿》。

我编过两本《狗子的饭局》，张弛也出过《北京饭局》，成为北京饭局文化的一系列景观。

其实，很久以来由于张弛的加入，阿坚在这个局里的地位岌岌可危，他就总想办法整点创意，制造话语权。什么"后小组""后旅行""啤啤斋""二柿园"等，但也不见什么能成气候。

2015年，在张弛的倡导下，联合近年来交往频繁的在石景山的导演宁竟成、开公司的吴天辉，成立了一个叫"西局书局"的玩意，也不知道是公司还是组织，反正是有了一个公号，传播有了声势，也有了品牌。

物以类聚，人以群分。自从盘古开天地，地球就被分成东西两大阵营。

以阿坚、张弛、狗子为首的西局，不管算是民间，还是另类，肯定都是自己人，注定要走到一起来，这是别无选择的结果。不管阿坚、张弛、狗子是一条心，还是各怀鬼胎争风吃醋，还是以狗子为基点的稳定三角形，肯定是命运共同体，哪怕这是北京最后的文化景观。

方叉最近在微信上说：

> 不光2020，这个世界已经充满了bussiness，硝烟弥漫。我从来不反对商业，但能不能给情怀留一丝立锥之地？我不喜欢这个世界，一点儿都不喜欢。张弛总说："我们是文学完蛋的最后见证者。"他清醒时这么说，喝醉时也这么说……

张弛曾对我说："如果你不记录我们，就没人记录了，就彻底丢失了。我们是北京文化的最后掘墓人，最后的文化英雄。"

张弛最近最爱说的一句话是"别散"。但狗子因为小孩上学，把家从西边儿搬到了东边儿，那他就算是告别了同住在西边的阿坚、张弛。我不知道这是否标志或暗示着西局的一种结局，往大了说，也可能是一个时代的结局。

传记与记忆

詹姆斯在《文化失忆：写在时间的边缘》一书中，通过"一场盛大对话的边角"，以抵抗文化的失忆，重建精神的联结。他力图挽救一些被留存在遗忘边缘的名字，还有消失在晦暗断裂中的历史事件，以及更多不合时宜的事实，经过筛选、淬炼，重组为我们所知的历史。在讲到人文主义的召唤时，他说：

> 然而，这个召唤越来越弱。艺术以及有关艺术的学术无所不在——这是不会灭绝的消费品，一个自封的精英阶层可以占有这些产品，同时自诩超越了物质主义，他们比历史上任何时候都要显赫夺目——但是人文主义却无处可觅。

詹姆斯把罪魁祸首归咎于科学的语言以及拙劣的"文化研究"。说到抵抗文化失忆，他说：

> 正是二十世纪剧烈蓬勃的精神生活赋予今日美国如此强大的文化实力，这种精神生活是一个复杂的国

际事件,简化的代价就是失真。如果我们不能全部记住,起码也要了解一点我们所遗忘的东西。如果我们愿意的话,全部忘掉也没关系,享受轻装上阵的便利亦无不可;但一种与爱无异的深刻直觉提醒我们,效率的代价就是空虚。最后,我们保持思考是因为一种感觉。如果可以,我们要留住那份纯粹的感觉,如果我们丢失了它,就要把它寻找回来。

其实,我没有为阿坚、张弛、狗子树碑立传的想法,更没有挽救文化失忆的使命。我主要是想实验一下,他们的非典型人生到底可以牵动多少"局"外人的心?到底有多少复制的可能性?

我们现在坐在一起,也不是有聊不完的话题,就像每天喝的酒,再怎么喝也是喝大了为止。喜欢回忆和怀旧,是老了的标志。积攒了多年的人生经验,成为我们这些人日常写作中大把大把的素材。我们懒得结交新朋友,就像厌倦创新的实验,哪怕只是重复地过日子。

我和阿坚、张弛、狗子交往近30年,被北岛称为"四人帮"。我是其中唯一的体制内人员,行为要比他们谨慎得多;同时,作为挣工资的人,当然要经常请他们吃饭。我这种双重身份，保证了平日对他们的了如指掌，又保持着对他们的旁观者清。

朋友说我记性好，能叙述往日的惟妙惟肖，还能再现那些细节。当然，他们也讽刺我只是热衷朋友的八卦。

但我知道，要说记忆，我真比不上那哥仨。阿坚能说出早年阅读储备的一些边边角角的生僻知识，似乎他那股不认真的劲儿倒可以让他过目不忘；张弛随口就是大段古文名诗，真可以倒背如流，让那些伟大作品实践如雷贯耳；狗子可以记住朋友的生日星座，甚至某年某月某一天的谈话。

文学批评家圣伯夫善于发现日常交往中的各类作家，且这种日常无处不在。他在貌似随意的文章中倾注了充沛的观察力、创造力和论辩说理的才能。他记载当时的生活细节，使其获得永久性。在《书信集》中，他说：

> 每一个社交圈都是独立的小世界，人们生活其中，了解一切事情并相信别人也了解同样的事情。然后就这么过去了，十年、二十年、三十年，小圈子解散了，消失了，无迹可寻，没有任何事情记载下来，最后人们不得不胡乱猜测一通，根据模糊的传说，根据微弱

的回声,试图追怀以往。

如今信息化的铺天盖地,似乎让记忆变得可有可无。但我们也越来越生活在一场旷日持久的"记忆大战"中,选择性记忆与失忆,成为我们不完美的恐惧。

最近有一本书很火——俄罗斯作家玛利亚·斯捷潘诺娃的《记忆记忆》,说是一部小说,其实是新类型复合小说。作者对一个家族的旧物、文献、档案的串联,试图拼凑一种记忆,包括家族遗迹与人物历程。她说:

> 记忆,连同其不可避免的主观性、谬误及偏差,摇身一变成了新生代的女神,新的全球崇拜的宽阔河槽。过往变成了怀旧的对象,政治投机的基础,但更首要的——变成了公共领域数十万人命运及希望的交汇之地。在这一强大潮流之下实则暗流涌动,须知在某种意义上,如何记忆过往——自我的,遑论他者的——全凭我们自己决定:一千个人回首,便有一千种过往。

柏琳说,《记忆记忆》一书最让她惊奇的是它的章节编排体例。似乎所有的材料都可以拿来运用,物件、照片、日记、书信、影像、文件、诗歌、作家的争论、别人的小说……这种拼贴式的叙述方法就像旋转的万花筒,令人目不暇接,同时也会带来一个问题:由于密度过大,每一部分都不能充分展开,于是在结尾时给人一种意犹未尽的感觉。这种尝试显得新奇又有些冒险。

同样,我对阿坚、张弛、狗子的记述,也是采用多重文本和档案形式,最大限度还原他们的丰富性。

在写作中,我不是一贯遵循时间的线性和履历的脉络,有时是专题性展开,有时是抓取精彩片段,有时是文本的单向评论。本书的叙述方式是一场多重身份的交流与狂欢,或者说交织与速配。而诗人的身份,又保证了我在文中赋予一些想象的空间,那是必要的,也是必需的。

对记忆的过度书写,并像我一样痴迷于和"过去"的人见面,让我愈发意识到这是一种非常全球化的东西,能够联合所有的人,不论国籍和代际。比方说,在汉语世界,非虚构文学在处理过去的问题时,哪怕是面对西局的阿坚、张弛、狗子,同样是如此不堪重负。

在谈到回忆录、口述史、家族史、传记、纪录片等非虚构文学艺术形式的准确性与"过度书写"现象以及普遍

存在的"没有过去"、拒绝回忆的现象时,玛利亚·斯捷潘诺娃说:

> 不愿意回忆过去,这对于那些命中注定要生活在动荡时代中的人来说,是一个十分普遍的特征。在某个时刻,他们会开始遗忘——有意识或无意识地重写现实,重塑自我,就像要打开一本新书,而非翻开一本书的新的一章。记录家族记忆,是一项正在进行的工作,是世代相传的系列工作,是一系列的编辑整理,一系列的遗漏和疯狂的猜测。这意味着它不仅是非虚构的,比如传记是最具有偷窥性质的文学体裁之一,它对传主的评价是如此之多,甚至你选择或组织材料的方式都可以构成一幅关于传主的非自愿的自画像。由此看来,我认为这些工作(非虚构)是有效的——比任何小说都更有效——仅仅是因为他们具有关涉和暴露现实生活的巨大力量,并且在付诸社会行动时会产生无法预测的后果。但是请记住,重要的是在写作和阅读时,你我都要有自觉性,要非常警惕,并且尽可能地让文档自己说话。

在这本书中，我不可能做到百分之百的真实和准确。尽管我是当事人和见证者，尽管我做到了客观公正，尽管他们活的真实，尽管他们平日日记体的写作文本保证了我的非虚构需求，尽管他们可以做到让我口无遮拦，但我还是有些选择，有些力不从心。毕竟，我要面对他们三个人，面对周遭的这些朋友（特别是女朋友），面对社会和更多的读者。

同时，我对阿坚、张弛、狗子人生的评价，也不可能十全十美，也做不到滴水不漏。有些只言片语，有些轻描淡写，有些蛛丝马迹，有些点到为止。挑剔与委屈，暴露与遮蔽永远并行，可靠的证据永远在路上。但基本上，我确保了不加主观臆断，只用事实旁敲侧击。

说到底，阿坚、张弛、狗子的结局，肯定将是一种悲剧性的。英雄难过美人关，如同英雄难过时代关，太阳正在落山。所以张弛才爱说他们是"文学完蛋的最后见证者"，这不是夸大，而是多少有点凄惨的自我安慰。

补记

就在本书定稿、确定配图时，我多次向阿坚寻要他年轻时的照片，阿坚推脱说照片在父母那，多年不回家，也懒得翻箱倒柜。小华告诉我，阿坚有一张 1979 年在五台山和能海上师的弟子寂度老和尚等人合影的黑白照片，就挂在他家墙上。我让阿坚翻拍发我，他说小霞不让动那张照片，天天供着。一会儿，阿坚约我吃饭，说会带着那张照片。见到阿坚，他正在和孙民、孙磊为刻章收费问题生气，阿坚在酒桌上逼已经喝大了的孙磊再喝一杯白的，为此，近年从不喝白酒的阿坚，也往自己的啤酒杯里倒了半杯，喝完再到洗手间将白酒吐了出去（完美奉行了啤酒主义）。阿坚吐完后转向我，劈头盖脸：你写这书有什么用？照片重要吗？说着掏出那张珍贵的老照片，几下给扯了，扔在我面前，扬长而去（一瘸一拐）。孙民吓得不知如何是好，呆若木鸡坐在那里，如世界末日一般。孙磊将碎照片捡起来包好，我只好把账结了。今天，孙磊给我发来修复好的照片，说阿坚扯的真是地方，那几位上师的脸都没伤着，只是阿坚的脸上多了三道缝。

陌生

2019年冬月的一天晚上,我和阿坚、张弛、狗子等人在西直门附近的一家餐馆吃饭,这是我们经常聚会的地方。阿坚用大瓷盆装上热水,泡上啤酒瓶,他现在已经喝不了凉啤酒了。在酒桌上,不知因为什么,张弛骂阿坚滚蛋。阿坚拉着脸,放下酒杯,一脸绝决地起身出了屋。我们见他真生气了,都在喊他,有一哥们赶紧追了出去,最终给劝了回来。阿坚重新坐在桌前,自己给自己找台阶,他说:我没走,我只是想上洗手间。阿坚一脸装傻和无赖的表情,一头花白的头发和胡茬,好久没有梳理,让我们泛起一片同情和耻笑。我想起刚才阿坚出门时,他那因腰不好使而有点歪斜的背影,更是恍如隔世。早年被称为"大踏"的阿坚,如今变得一瘸一拐。一时间,我真的相信:阿坚老了。

01　少年雷锋

阿坚祖上是山东崂山的农民。农民应该是从土里刨食的人，作为崂山农民，应该是从石头里刨食的人。这里的耕地有限，地里到处都是石头坷垃，可以想象生活的艰辛。

阿坚的祖父是富农，阿坚的父亲从小勤奋好学，初中时曾获崂山、即墨两地考试第一名，名传乡里。

1950 年，阿坚的父亲考入东北冶金工业学校，学费难以支出，祖父欲留他回乡教学，还可帮助农活，但阿坚父亲执意外出上学。

1952 年，阿坚父亲毕业后，分配到冶金部下属铁矿科学研究设计院。他先回乡结婚，后携夫人进京。他在院里担任技工，夫人任描图员，开始了大院生活。铁矿科学研究设计院，就在现在军博的对面。

说起北京五六十年代出生的作家、诗人，人们总是习惯探寻其出自哪个大院。阿坚虽不是胡同串子,也算出身大院,但他不是军队大院的,出身也不行。特别是他的岁数和所谓的老炮们比起来,属于前不着村后不着店的一代,因此,阿坚的身份有些尴尬。

坚持自我记述写作的阿坚,一直有意无意地回避早年的成长经历,甚至有人当面让他口述,他也经常顾左右而言他,有所讳忌。阿坚从不拿自己在大院的经历进行炫耀,甚至极少记述与回忆。

1955年,阿坚出生,按家谱排序是"世"字辈,叫赵世坚。他下面还有一个弟弟、妹妹。

50年代,是一个革命热情高涨的年代,每个人的内心就如烧红的铁块,十分炽热。阿坚的父母作为山东人,保持着特有的朴实憨厚以及朴素的革命热情,在这样的家庭环境中,阿坚本应该有着一条正确的成长路径,而事实也是如此。

阿坚是在大院学生里学雷锋的积极分子,经常帮助锅炉房推煤车。阿坚在有色金属子弟小学上学时,在课堂上,坚持用右手捧着毛主席语录,贴在胸前。阿坚发明的这个上课姿势,曾被广泛推广,他也因此被评为海淀区小学唯一的"活学活用毛著积极分子",与一百多个大人一道披上

阿坚和五台山能海上师的弟子寂度老和尚在一起（1979）

大红花，四处作模范报告。

这些，都是阿坚后来难以言表且有意回避的成长经历。

阿坚当年作为普通职员子弟，和同住一院的干部与知识分子家庭的孩子自然玩不到一起。倒不仅仅是生活条件、文化水平的差异，主要是阿坚的父亲在"文革"时是抢班夺权的造反派，把知识分子家庭的父亲给打倒了。走资派、臭老九的孩子，怎么好意思和根红苗正的赵世坚一起过家家。而大院里的小流氓又不带追求上进的阿坚玩，甚至还经常欺负他，阿坚的童年是孤独和不自信的。

据初中同学肖长春讲，有一次，班里的老大在课堂上欺负一女同学，作为班干部的阿坚，仗着自己的身高，勇敢地打了老大一拳。那是阿坚少有的反抗，尽管他事后也很害怕，放学后抄近道回的家。

也就是说，日后阿坚崇尚英雄、同情弱势的情怀，是和早年的生活经历分不开的，甚至是根深蒂固的血脉遗传。阿坚一直彰显着反对权威、拒绝合作的姿态，这和他小时缺少父爱有关。

阿坚的父亲脾气暴躁，动不动就对阿坚拳脚相加，且经常是在弟弟妹妹面前打他。本来是农民的手掌，再加上敲矿石的手掌，那力量可想而知。有一次，阿坚反抗了，离家出走,可胆小的阿坚连大院都没敢出去,只是来到他家楼下的菜棚,窝在柳条筐里睡了一觉。

1969年,阿坚和弟弟随父母到云南草坝冶金部五七干校下放劳动,全家在那个荒芜的环境里生活了两年,阿坚的妹妹就在那里出生。阿坚后来写了几万字的小说《我的小青春时代》,记述了那段时光。

02 领航大哥陈嘉映

在我们每一个人最初成长的路途中,总会有一两位影响至深的人。阿坚的是陈嘉映,我的是邹静之。

那些年,阿坚在工厂里结识了师傅陈嘉曜。陈嘉曜来自知识分子家庭,身上带有北京大院文化特有的带头大哥的气质,是真正的老炮。因为阿坚个子高,走路快,他们一伙人管他叫"大踏"。

后来,阿坚通过陈嘉曜,认识了他弟弟陈嘉映,成为其人生的转折,世界豁然开朗。那时,阿坚还在写毛笔字填格律诗,明显还没有上道。在这些老炮的感召和栽培下,阿坚开始接触外国文学、艺术、哲学等,当然也有另类思考的启蒙。虽然阿坚没有进入《今天》的圈子,但那时的北京风起云涌,各种圈子之间都在交流、涌动。

阿坚似乎从那时起,脑洞大开。原来,干革命还需要有文化支撑，泡姑娘会唱《冰凉的小手》才好使。

陈嘉映 1952 年生于上海，后随父母迁居北京。1964 年在北京师范学院附属中学上学，1968 年到内蒙古突泉县永安公社插队。阿坚认识陈嘉映时，正是其回京考入北京大学西方语言文学系德语专业本科生的前夕。陈嘉映的德语是在插队油灯下自学的，凭这功力，日后和海德格尔、维特根斯坦才有了天然的对接。

阿坚身上缺少的正是哲学思辨能力，陈嘉映也喜欢阿坚身上朴素的烟火气。因此，他们成了终身的好朋友。阿坚善交朋友，但很少和文化界、诗歌界的"名人"或商界的"有钱人"交往，陈嘉映这个著名的哲学家是个例外。

早年，陈嘉映那个圈子很大很杂，以陈嘉映为中心，有哲学家周国平、赵越胜、徐有渔、赵汀阳；有男高音歌唱家黄越峰、范竞马；有小说家顾晓阳；有摇滚乐评人梁和平；有电影人刘小淀；有画家高平、杨永利；有企业家于洋、于基、魏北凌、丹洵；有运动员马艳红、老苏；有爬山的肖长春、老铁；有搞地质的刘晓峰；有女孩于奇、李洁；有号称"东宫""西宫"的申萱、灵羽；有阿坚的同学田杰、吴默；还有西藏的贺中、马原等。他们经常在香山或戒台寺聚会、飙歌，延续了好长时间。

作为阿坚人生导师的陈嘉映,对阿坚的认识可谓入木三分。陈嘉映说阿坚是"和时代抬杠",属于"小折腾、小颓废、小反抗"。他在为阿坚《一个没有英雄的时代》一书的序中写道:

> 大踏是作家,但我有时把他看作"半作家",他的写作跟他怎么生活连得很紧,你觉得他写出来的东西有意思没意思,在很大程度上依赖于在你看来他那种生活内容有意思没意思。大多数作家,典型的作家,完全不是这样。我们几乎不知道莎士比亚或曹雪芹怎么过日子,甚至有人怀疑根本没有其人。身边人里,例如刚得诺贝尔奖的莫言,也很难从他的写作看到他怎么过日子。他和我关于怎样写作的争论,编织在两种不同的生活里,编织在对生活的不同态度里;这些不同,复又编织在让这些相异之处息息相关的共同世界里——如果不是共处在这个息息相关的共同世界里,还有什么可争?但要从怎样写作,一直聊到他和我的共同世界,那得聊到什么时候?

我一直认为陈嘉映是一位善于讲道理的哲学家,就像

阿坚80年代和陈嘉映等人在一起

他平时哲学研究的气质与日常为人的风格。他是从日常生活中出来的哲学家，他的著作能让我们轻而易举地进入。

陈嘉映自己曾举例说：罗素晚年见到自己满意的学生维特根斯坦，便将在书斋里研究逻辑的苦活累活让他去做，自己做些关注社会、比较有影响力的活儿。

陈嘉映的哲学随笔《价值的理由》，读来总让人从心里感到一种"舒服"。例如他说：

> 索马里的孩子在受难，这个法国人却跑到北京来为四合院奔忙；艾滋病人在受苦，在死去，有人却还在书房里写研究海德格尔的论文，有人在反复训练把百米成绩提高 0.1 秒，甚至还有人在花前柳下谈恋爱，在音乐厅听歌剧，在饭馆里嘻嘻哈哈喝酒。

他又说：

> 我们问救助黑熊的人士而不问在饭馆喝酒的人为什么不去救助失学儿童，也许是因为救助动物和救助儿童这两件事离得比较近，这两种人都在做好事，有可比性，在饭馆喝酒的人已经无可救药了，懒得去质

问他。

陈嘉映在这里两次提到在饭馆喝酒,让我想起他面对阿坚喝酒时的情景。不管陈嘉映多忙,阿坚来了,他都会放下手中的书,拿出好酒,供阿坚畅饮,有时甚至还会陪阿坚宿醉。

陈嘉映尽管让哲理落在了地上,但也时常不能让阿坚"心悦诚服"和"举一反三"。陈嘉映始终保持着善于交谈、好为人师的风范,他自己也说:"交谈像溪流,沿地势蜿蜒而行。"

阿坚尽管我行我素,但对陈嘉映保持着一贯的尊重,甚至拘谨。他轻易不带狐朋狗友到陈嘉映的饭局上来,也不在饭局上喝大酒。虽然不是毕恭毕敬,也是言必称"教授"的。

2020年疫情期间,陈嘉映出版了一本访谈集《走出唯一真理观》。阿坚煞有介事地让我、狗子、孙民分别准备读书提纲,并提前报送给陈嘉映夫人。那天,我们在陈嘉映家召开研讨会,阿坚还特意让夫人小霞来帮厨,丹洵看见我们几个人围在桌前,听陈嘉映授课,每人面前还有纸笔记录,十分惊讶:啥时阿坚变得如此正经了?

阿坚在座谈会上和陈嘉映杠上了:"我们就应该坚持唯一的真理。"陈嘉映回应:"真理是可以有多个的,要宽容对待。"我们都知道,阿坚的固执,就如他把坚持喝啤酒当成了信念。这么多年,他死活不喝白酒,没有啤酒了,他宁可喝墨汁。

不久前,陈嘉映家的猫"皮皮"丢了,为此,陈嘉映第一次发了朋友圈。阿坚说"皮皮"其实叫"啤啤",是他"啤酒的啤"。为此,阿坚派儿子到陈嘉映家帮助寻找,并写下诗文悼念。估计他又要到陈嘉映家里组织座谈,混个饭局了。

03　渐行渐远邹静之

有色冶金设计总院大院出了三位作家，除阿坚外，就是邹静之和肖长春。邹静之写出了小说《九栋》，肖长春写出了小说《大院里的熊孩子》，但阿坚似乎对这个大院没什么感觉。

狗子第一回做编辑，就出版了邹静之的《九栋》。

静之最早构想的是以文革时期有色冶金设计大院的第九栋宿舍楼展开一系列平淡而又惊奇的故事，像打开一家家遮掩的窗户。但以邹静之的习性，他不可能去追求什么宏大叙述，展开历史长卷。他追求的是手艺活，是小而精。太用力，难免不能持久。因此，这部小说不像他的"康熙微服私访"一样"漫长"。

同是写大院，邹静之没有像王朔那样贯口，也没有像张弛那样调皮，更没有像大仙那样炫色，还有阿坚的流水和狗子的啤酒。静之语言老道，追寻节制、节奏、短小和质感，像黑白老照片。邹静之现在之所以勤于书写颜体，就是想用斗大的墨字，抗击那正在逝去的文学文本中的小字以及那些在电子屏幕中飞跃滑落的字符，他惜墨如金，知黑守白。

邹静之在小说中如此描写："我发现街上，身上有字的人越来越多，很多是红卫兵，也有胸口上挂着白布黑字的，每个人都是一行字。"(《八天》)"我们觉得他们让一个满身煤黑的人来充当这样的角色，是对公主白玉般面容的仇恨。"(《羊坊店》)我没看出其中有阿坚的痕迹。

邹静之比阿坚大3岁，1952年出生于江西南昌，知识分子家庭，父亲能写一笔好字。后来，随工程师的父亲来到北京，入住有色大院。邹静之的父亲是白领，阿坚的父亲是蓝领，不住在一栋楼里，那时他们也很少玩到一块儿。

邹静之和阿坚同在有色金属子弟小学上学，邹静之比阿坚高三个年级，但他们有一个共同的音乐教师，也有着共同的爱好——唱歌，当然也共同暗恋音乐教师，因为音乐教师长着一双诱人的眼睛。论家庭条件，邹静之家有一把高档小提琴，而阿坚家里只有一支普通的口琴。阿坚说，他是靠给老师擦黑板、墩地，获得了音乐教师的好感，而邹静之是靠自身的才艺和教养,获得了音乐教师的青睐。当然,这段轶事最终并没有什么戏剧性的结局。

1969年,邹静之赴北大荒上山下乡,在黑龙江劳动六年,到河南农村插队两年,练就了一身农活的手艺,而歌唱技能也为他逃避了不少劳动。1977年,邹静之回到北京,进了煤炭研究院基建科,做泥瓦匠、洋铁皮匠,给人打水壶,做手工沙发,挨家挨户抄水表。

1982年,邹静之创作小说《盖侠其人》,投给了《北京晚报》"一分钟小说";随后,在《诗刊》上发表了诗歌。1987年,邹静之从中央广播电视大学中文系毕业后,进入《诗刊》杂志社,当了诗歌编辑。

而此时的阿坚早已从大学毕业,辞职在家,生活散淡,热衷写诗。两人经常在大院偶遇,彼此攀谈起各自的诗歌写作,邹静之还推荐阿坚参加了诗刊社的青春诗会。有意思的是,邹静之身为工程师的父亲,此时又成了大院的领导,而阿坚的父亲又干起了普通职员的老本行,似乎一切都回归到初始。

后来,阿坚和邹静之走得非常近,他和弟弟赵世民每星期都会去邹静之在皂君庙的家聚会,喝上一碗邹静之夫人做的羊汤,再喝几口二锅头,一同浪诗,飙美声歌剧,我就是在邹静之家认识的赵氏兄弟。我记得那时邹静之家里的电视是9吋黑白的，信号不好，经常要用手摆弄一下天线。

最早是唐大年把邹静之推荐给了田壮壮，开始写电影和电视剧剧本，就是骆一禾与张玞给找的《琉璃厂传奇》投资，从此，一发不可收拾。张艺谋、王家卫、陈凯歌纷纷找上门来，话剧、歌剧，甚至京剧，百花齐放，邹静之一下成了著名剧作家。后来，邹静之是我们这些人里第一个有手机的，还买了车，家也搬进了大房子，请客也改到饭店了。

邹静之为了改善阿坚的生活，找来一部电视剧剧本，让阿坚改写，也就是一两天的活，据说还给了稿费。阿坚不习惯干正事，况且被派活觉得自尊心受到了伤害，此事最终不了了之。

对这些变化，邹静之认为文体之间不好做高下之分的比较，只有写的好不好的分别，他认为从来舞台戏剧中的独白或咏叹都是诗。阿坚有点过度敏感，兄弟之间的交往渐行渐远。

按狗子的话说，邹静之是读书人出身，在香山脚下的大宅里请朋友吃饭，而阿坚和孙民是在香山脚下租的农民房里喝着冰凉的小酒。相似的历史，又一次在大院子弟身上显现了命运的轮回。

我收藏古家具、写颜体字，就是深受邹静之的影响。如今，邹静之大部分时间都不在北京，我时常和他保持联系。邹静之和阿坚人生道路的差异，完全是个人选择的结果，不能用简单的价值观来评判。

有一年，安庆一位挂职的市长托我找邹静之，出大价钱请他写电视剧《孔雀东南飞》命题戏，邹静之在电话里一口回绝：我不写这些东西。

我父亲写了本有关《中顶村》的书，让我找邹静之写序，我说人家在给大导演李安写剧本呢，谁有功夫给你写序呀？要不我让阿坚或狗子给你写？父亲看不上他俩，还是坚持让邹静之写，我只好说试试吧。我发微信给邹静之，一会儿他回话答应：老爷子这书，序可以写。

其实，邹静之以前就为父亲的粮食书写过序，他以八年农村知青的经历，写得感人至深："高世良先生的《粮食》之作，写的朴素，就像庄稼的朴素。""我对农事，对庄稼有着敬重之心，敬畏之心。"

04　兄弟赵世民

阿坚兄弟当年上小学时都是积极分子、班干部,弟弟赵世民更加听话,为人也聪明,甚至一直是班长。

赵世民比阿坚小三岁,但他对阿坚不管真的假的,一直充满敬畏。

阿坚在玉渊潭中学教语文的时候,赵世民刚刚毕业,他考到了西北政法学院,读法学、哲学。1984年被分配到武汉第二炮兵学院,任马克思主义哲学教员。他实在无法忍受在异乡的工作,通过关系,调回北京,在中央音乐学院任教。一开始,他还是担任马克思主义哲学教员,但他后来不用心教正科,偏离马克思主义,创新推出《哲学原理》《汉字源流》《音乐评论写作》《老子庄子哲学》《莎士比亚戏剧赏析》等课程。赵世民是中央音乐学院最受学生欢迎的人文教师,但最终,他被校领导勒令停课。

回到北京后,赵世民受哥哥影响,开始在文学上一路狂奔,哥俩甚至还自印了一本文学期刊——《青果》。

赵世民身在音乐学院,凭借得天独厚的条件,一点儿没闲着。我认识他那会儿,他刚和一位医生离了婚。赵世民的长相、个头和谈吐比阿坚更胜一筹,再加上音乐学院宿舍有两居室的房子,因此,学校里不少女学生被他吸引、迷惑。他经常带不同的女学生到我家聚会,吹拉弹唱,无所不有。他有时也给单身的我和简宁介绍过,但我们都没看上。我总抱怨他把长得好的全都窃为己有,霸着不撒手。在赵世民众多的女友中,我印象最深的是一位来自西安的微胖的女孩,歌剧专业,毕业后留在北京,在西城派出所当了户籍警。

赵世民后来和一文化报记者结婚又离婚,再往后可能还有什么变故,就不清楚了,那时我们来往已经少了。据阿坚说,他和西安的一位有孩子的钢琴家结婚了,应该是踏实了。

赵世民后来一直在文字和音乐方面做研究,出版了《汉字悟语》后,在《精品购物指南》上开了一个专栏叫"赵老师课堂",随后又出版了《与大师面对面》。他的宏大规划是要出版《赵世民大辞典》。

后来，赵世民跑到中央电视台《百家讲坛》，主讲过《探秘中国汉字》，真正成了名人。

作为"汉字基因学创始人"，近年他又变成"音乐治疗师"，为众生开出一剂养生保健的"艺术处方"。他在《揭秘艺术医疗》一书中，用说文解字的方式剖析：

> "樂"（乐）加草字头就是"藥"（药），它的含义是：第一，药的目的是给人带来快乐，去除痛苦；第二，乐，乐舞，就是艺术本身也是药。"醫"（医）这个字，巫在古代既掌管人与神之间的沟通，也掌管艺术。

在日常接触中，能言善辩的赵世民有时多少给人一种油腔滑调的感觉。再加上他爱高谈阔论，做事高调，也会让人敬而远之。就连阿坚的妹妹，也是对阿坚更加崇拜一些。

我前些时候打电话给在西安的赵世民。我矫情地说："你现在牛×大了，也不理我们了。"他如法炮制回击："是你们不理我了。"

阿坚尽管与赵世民做事风格不一，认为赵世民有些想法幼稚俗气。但这些年，阿坚一直没有稳定的经济来源，一直和父母没有来往，赵世民为赵家、为阿坚救济了许多，付出了许多。

与阿坚相反，赵世民是选择性交友和稳定生活。当年赵氏兄弟经常一同来我家吃饭，赵世民还给我介绍购买旧书店的《李渔全集》《中国著名土特产名录》等书。提起我这个所谓"高大师"的绰号，还是赵世民叫起来的。那时，我们管他叫"大碗儿"，有一次他在饭局上一时兴起，给身边的朋友安排名号：陈嘉映是"陈教授"，邹静之是"之大爷"，简宁是"简天才"，贺中是"贺老爷"……

05　米洁

阿坚是见识过死的,他从不把朋友的死当回事,习惯说是替我们走了。他甚至有帮朋友为亲属实施安乐死的经验。但小招、米洁的死,是触动他最大的。

米洁最早是阿坚的朋友老魏带进朋友圈的。

1995年,阿坚陪陈嘉映在友谊宾馆网球场打球。阿坚在2006年的长篇纪实小说《米洁姑娘》中有着深刻记忆:

> 在晚场的灯光下,见老魏带进一个一身黄运动衣的苗条姑娘,脸盘还看不真著,但肯定不会太次,她的正手球很标准,在她移动步伐或挥拍时,显出她的腰腿挺有劲和弹性。去网前捡球时,我看了她的五官,比一般还清亮一些,显得才二十六七岁,我估计是因为运动和保养而藏起了四五岁。

老魏说，米洁是他妹妹在青城山疗养时认识的，人挺好的，喜欢打网球，以后就约上她打吧。陈嘉映说，你这不等于把一只羊介绍到狼这来了。阿坚说，不至于吧，我身边的肉还吃不完呢。其实，项凌雨当时曾和我姐说，有意介绍给我呢。

以后，他们与米洁又在球场上聚了。米洁这即便不是自投罗网，也是自投情网。

在酒桌上，米洁告诉他们：早就听老魏讲我们这帮人是80年代初大学毕业的，爱玩爱旅行，她也是这样的；她学的是服装，大连服装节还拿过一个一等奖，现在主要搞CI设计，是自己的公司。老魏又介绍，米洁与香港的老公分居，应该不差钱。诗人小玮颤闪着悠悠胸脯，对桌上的男人说，她的理想就是办一个专为你们介绍好姑娘的夜总会，前楼是你们的销魂之地，后楼是她亲手调教姑娘们的女子学校。

秋天了。那是个半夜两三点，陈嘉映带着米洁来到阿坚在西单的小屋。陈嘉映说，天亮还得给学生上课，怎么也得回去睡一会；米洁也特想去西藏，阿坚你给她讲讲。

坐在床上，阿坚开始揉摸米洁的膝盖，故意说：这小乳房可够硬的。她轻轻笑着说：我知道，什么津津呀小玮呀还有小香呀老来你这儿。

米洁说，万一生活最无聊时，她想把中国几千个有名的古塔玩出个系统。米洁这个心结，成为阿坚日后的行动。

说完玩古塔，汲取精神什么的，晨曦已从敞亮的窗棂中泻了进来，阿坚也随之泻了精华。

事后阿坚问：你怎那么容易就到呀。她说：特满足你的虚荣心吧。阿坚说：你的意思是让不太行的男人也能在你这找到大胜的感觉。她一笑，说：我可能是容易满足的天才。

米洁去拉萨时，阿坚推荐她找贺中安排食宿购物。后来，贺中来北京，见到米洁，说：米洁比在拉萨时漂亮多了，是不是阿坚老来呀。米洁说：你讨厌不讨厌呀，假如真跟你和阿坚这样的男人，我只能越来越丑。贺中对阿坚说：总觉得米洁身上有股妖气。

有一次，阿坚和米洁打完球，回家冲澡，阿坚说：家里有事，先回去了。米洁说：行呀，是不是小香或小玮等着你呢。也不知怎么，他们又上了那张大水床，玩了几回，等阿坚彻底残了，才放他走。事后米洁：你对我还真不错，虽然你还有几个别的女的，但你至少真诚，不像有些人那么虚伪。

米洁说：性这东西，像生死一样深刻，因为境界不同，它可以迅速败坏你的身心，也可以迅速增强你的身心。

不久，米洁约阿坚谈话，说自己怀孕了。阿坚说：就认定是我的，这样我特高兴。米洁正色道：你别什么都想担着，还不知道是谁的呢。

米洁很快在中日医院做了手术，她对阿坚说：特高兴吧，你们的一块石头落了地。不久，米洁大病一场，阿坚等人在床前端屎端尿。

几年后，米洁被中日医院确诊为一种疑难病症，属于血液方面的，病因可能是手术后的输血。被告知此病的存活率最多一年后，她即一人西行甘新青等地，打算快快乐乐地玩一年。在甘肃认识了一个很年轻的气功师，为她治好了病，她自己也开始练功。

1997年，米洁去了两次深圳，参加什么杯的网球比赛，一次是冠军，一次是第三，各拿回来一万和两千奖金。

米洁在西藏时喜欢上了摄影，她悟性高，西藏的两大杂志及《西藏旅行探险手册》都选用了她的片子。

后来，米洁和阿坚在粤桂湘黔一带游历。回来后，又一同去了新疆察访佛教遗址。

不久，米洁开始往外分送自己的收藏和家产。她送给我一块带浮雕的砖，它来自山西一座残圮的晋塔。米洁把从阿里古格带回来的"擦擦(泥塑佛像)"也送我了一些。她连家藏的班禅经师的皮袍、喜马拉雅豹皮、唐卡、电动缝纫机等都送人了,她说这些现在对她都没有用了。

有一天,米洁在家对阿坚说:我告诉你,这是最后一次。阿坚写下了诗:

对不起
不幸,我没有信仰什么

眼见着一个亲近的朋友
上了信仰之路
眼见他走出绝症,走出烦恼
再不愁花销,仿佛上天刚刚
给他一本花不完的支票

他为我的惶惶和混乱悲哀,
我说,我也为自己悲哀
他说,那你不能像我这样吗
我说,我没有你那样的运气
不是人人都有运气获得信仰的

就让我在破烂的生活中混吧

我，活该

2001年4月的一天，陈嘉映突然呼阿坚。阿坚在《米洁姑娘》一书中写道：

> 我回电，他说：你过来一下——当然有事。我非问啥事，他说：你就过来吧。我说：噢，是有女的想见我吧，行，我马——。话没完，那边电话挂了。
>
> 我骑车去了六道口陈嘉映家。一进门，见西恭、佟弓、小蕾眼里浑浑的、眼圈阴阴的；陈嘉映耷拉着脸以及那双刘备耳，项凌雨偎靠着他。
>
> 陈嘉映苍哑地说：米洁走了。跳楼自杀，从14层。

阿坚缓了缓，说：反正吧，米洁活得够本儿了。

米洁临走的前一周，应该是在陈嘉映家，阿坚、贺中、狗子、简宁等人还和米洁喝酒来的。临走，她问简宁：啥时去五台山朝圣？

2001年夏，阿坚与简宁步行去了五台山。

06　天顺饭馆的岁月

2000年初,新街口一带正在拆迁,一片狼藉中,有个小饭馆在长青胡同,说是饭馆,其实是阿坚的酒吧。老板娘姿色尚好,40多岁。

阿坚说这地方的就餐高峰分两波,一是六七点钟,来的大多是下班族,吃饱喝足就走。第二波是晚上十一点以后,这时人很杂,也最热闹,往往要持续到凌晨三四点钟。

阿坚每次都骑着一辆破28加重自行车来这里呼朋唤友,他还有一个汉显的传呼机别在腰带上。

阿坚他们整天在这扎堆,敢情真把这儿当成了单位,每天来喝酒就是上班。这地方后来在阿坚、狗子的小说里,"天顺"变成了"天川",好像多不爱给人家做广告似的。

阿坚经常在酒桌上建议,大家先玩个游戏,以缓解酒力。于是,他拿出5根牙签放在手心,左右倒腾倒腾,一只手就伸了出来。

阿坚有时喊服务员笔墨伺候，一个胖丫头就飞快地拿来一个盛有墨水的小碗和一枝秃笔，还有一大摞花花绿绿的餐巾纸。阿坚让我们几个每人说一个字，无论是什么字他都能根据字义在餐巾纸上作诗。阿坚就是从那时起养成的玩这些酒桌系列节目（还有转勺、摸手算命、换衣服）。阿坚说：

> 你的忧郁酒也冲不化
>
> 忧郁如网，酒都漏过去了
>
> 漏到低贱的肠子里快乐去了
>
> 忧郁之网仍旧支着心和眼睛

阿坚兴奋了，也会将诗写在墙上。原来天顺酒家的墙壁都是镶了瓷砖的，抹画完毕，还可以擦掉。于是，每个人就在那砖上轮流题诗，洋洋洒洒，直至半壁。

阿坚有时很高兴，会让服务员抬来一箱啤酒，给餐厅里的每一桌都上两瓶，然后起身举杯，对大家说晚上好两瓶啤酒不成敬意云云。再过一会儿，他又送了盘热菜，再过一会儿，狗子坐了过去，再过一会儿，阿坚也坐了过来，最终几桌拼成一桌,划拳、猜牙签、猜身份、猜年龄,诸如此类,直至大醉。

饭馆半夜里来的有时是下班的小姐,有时是下班的警察,阿坚高歌一曲《今夜无人入睡》,换得警民一家的和谐气氛。狗子在小说《迷途》中写道:

> 我们知道天川酒馆服务员的名字正如她们也知道我们的名字。服务员有时也兼秘书,比如她们会在柜台后举着电话朝我们这桌大喊"阿坚电话!"或"狗子找你的"。有一次阿坚扭着脖子问:"男的女的?"服务员说:"一个男的,叫什么弛的。"阿坚说:"跟他说我正忙,让他过会儿再打。"服务员笑眯眯如实转告,没过多一会儿,老弛半醉着推门进了天川,指着乌烟瘴气的我们一桌说:"你们丫真够贫的。"老弛刚从某海鲜馆吃完喝完,面对我们这一桌家常残羹剩饭,皱了皱眉头,仿佛我们在喝泔水,不过待他狂饮几杯及上了趟厕所后,便也埋头狂撮起来。

阿坚酒后常去旁边胡同拆迁的废墟中扒拉,寻找个明砖清瓦什么的,然后题字送给朋友,弄个纪念品。狗子还写道：

一开始，大家觉着新鲜，对阿坚的馈赠均顺然接受，时间长了，众人均有些承受不住，不能每次喝完酒都往家里抱砖吧？尤其是像我这样打车回家的，肯定不能拎着块板砖说是在街边拦的，掖在怀里也显得形色诡异，只能四处乱找塑料袋。有一次实在没找着合适的塑料袋，只得脱了外衣把砖裹在里面。下了出租车，我尚需步行5分钟才能到家，那是冬天，我便穿上外衣，拎着块巨大的板砖在夜深人静中满嘴酒气地埋头疾走，好在没碰上巡夜的。

现在，倘阿坚再在酒桌上送砖送瓦，众人一般均不吱声，逼得阿坚没法了，只得愣送："你把这砖抱回家，我把这酒干了！"弄得这哥们直说："何必何必，我抱回去就是了。"

我见过阿坚拎着根棍子在这些夜深人静的废墟里翻翻拣拣，有时实在没什么收获，他会打还未搬走的钉子户的主意，找根长杆子直接掀人家的瓦。有一次动静太大，惊动了人家，但可能是作为钉子户心里也发虚吧，那户人家没敢亮灯，只从黑乎乎的小屋里传出一个老爷们圆润的粗嗓:"干什么的?"我和阿坚抹头疾走。后来我们回想,那个粗嗓实际上有些外强中干,甚至有些发颤,我想那哥们后半夜八成得失眠,他没准会想:政府不敢跟我玩硬的,莫非要跟我玩阴的?

平日阿坚带着一行人外出旅行,也大多从这里出发。这里来过摇滚歌手何勇、许巍,画家刘益,电影人安琪,小说家蓝石、赵川、艾丹,包括后来认识的写小说的白脸,原来小时候他就住在这一带,打架很有名。当然来的更多的还是诗人,既有老诗人芒克、也有八十年代出生的春树。

辽宁作家程远在《阿坚、狗子、正山、李中良和我》一文中写道:

> 狗子坐在我的对面,然后是正山中良我阿坚。这人也就齐了。狗子说来晚了,先自罚三杯,说着就仰脖干了。我说不急,先吃点菜。阿坚说咱狗子酒风可正,不然能写出那本畅销书么。狗子睨了他一眼,骂道:咱不谈文学行不?TMD朋友来了不喝酒干嘛!遂又抄起那个整瓶吹了。这样一来我们也就平了,也就

是说我们五个人每人都喝了两瓶。阿坚一挥手,服务员又搬上一组。但很快,这一组又消灭了。

张弛在《这些年被阿坚吃垮了的餐馆》中写道:

一个人下过多少家馆子不重要,重要的是吃垮过多少家。粗略统计一下,阿坚他们这些年至少吃垮了七八家,其中一个就是离新街口地铁不远的新川面馆。有一段时间,在阿坚和狗子的带动下,很多朋友成了那儿的常客,就连非典闹得最凶时,一堆人也去那儿照吃不误。当然,也不光是吃饭喝酒,其间还去胡同上房揭瓦,有时还自制毛笔,在餐馆墙上题字。结账时还让餐馆送酒,不但送自己桌,还给邻桌送(如果邻桌还有人,特别是姑娘的话)。喝到半夜,服务员睡觉,这些人还要接着喝,直到服务员第二天起来做早点。有一回狗子深夜喝大,跑到边上的徐悲鸿纪念馆,偏要见廖静文,难怪这家餐馆后来就垮了(又听说餐馆没垮,而是搬到一个阿坚他们找不到的地方,好像还改了店名)。

天顺饭馆被阿坚写进了随笔,被狗子、张弛写进了小说。而电视制作人高子鹏已将这一切拍入纪录片,包括2003年12月5日夜晚天顺最终被拆除的那一幕。

07　死党狗子

90年代末,阿坚认识狗子之后,如同找到了组织,整天泡在一起,相依为命,相互捧场。但阿坚后来对狗子偶尔也喝白酒(不坚持啤酒主义)、结婚、生子、上班、闭关、出名人书甚至在酒局上早走一会儿等等,都会情不自禁地表露出失望,觉得狗子向世俗低头,背叛了他。

阿坚本来天生没酒量,据他大学同宿舍同学吴沫回忆,当年阿坚喝口酒就脸红,喝一瓶啤酒就有可能撒酒疯。我认识阿坚时,他还主要喝白酒,一次也就两三个小玻璃杯。那时,在酒桌上,阿坚主要负责引导大家谈文化,浪诗。

1997年,狗子在《音乐生活报》当记者,被黄燎原招呼到简宁在蓟门桥开的黄亭子酒吧,阿坚在酒桌上认识了狗子。后来,阿坚请狗子参加弟弟赵世民在中央音乐学院为《汉字悟语》办的研讨会,饭桌上狗子爱答不理。阿坚见他能喝酒,就请他到朋友李洁家聚会,阿坚问他喜欢哪位作家?狗子说太宰治,阿坚大喜,如他乡遇故知一般。

阿坚如获至宝,兴冲冲地把狗子介绍到陈嘉映那个圈子,并把狗子、陈嘉映、简宁、贺中称为"四大天才"。

那些时候,每到下午四点,阿坚就去弟弟在中央音乐学院的驻地,取完自己的报刊和稿费邮寄单,便坐在沙发上,一手握着烟,一手抓起茶几上的座机:"新栩(狗子本名贾新栩)啊,喝点吧。"阿坚有时在我家也是如法炮制,用我家的座机给狗子电话:"新栩,今天喝点不?"我当时不明白:朋友再好,也不至于天天见面啊?我在西直门的家,从此成了他们聚会的场所,当时还有刘丽华、车前子、蓝石等。

阿坚和狗子天天在一起喝,似乎已然成为每天的生活定式,电话那头的狗子似乎都来不及拒绝,就已经貌似答应了。如果狗子真的有事或有局,会让阿坚放下电话惆怅半天,思考着下一个该约谁?

后来,我家坐不下了,阿坚他们就开始在新街口的天顺餐馆聚会。

小说《一个啤酒主义者的独白》出版后,狗子成了啤酒的代言人。阿坚也开始改喝啤酒,并把这奉为准则和主

阿坚和狗子在狗子老家聊城

义,比狗子有过之而无不及。

"9·11"之后,阿坚开始改喝大酒,一上桌就纯粹奔喝醉而去,并把这种行为保持成一种生活常态。狗子在《第三届西局奖颁奖词》中写道:

> 2001年911事件,因为完全被忽略不计,连在场的权利也被剥夺了的阿坚学会了喝大酒,自此酒量大增并创立"啤酒主义",因本人的推波助澜,啤酒主义大行于世,终成正果,但这或许并非阿坚的初衷,正如在诗歌创作中,为了与主流保持距离,阿坚一度专写打油诗和顺口溜,后口语诗兴起,为了不同流合污,阿坚写起了味同嚼蜡的流水账,自称"流水体",再之后,涵盖了一切文体趣味的网络文学兴起,逃无可逃的阿坚决定不立文字,专心户外运动。

打那时起,阿坚的手在没有握起酒杯前,总是习惯性地哆嗦,就像他没有来到饭桌前,心是不踏实的,慌得要命,只有狗子的到来,才会让他踏实。

但时间一长,狗子也感到无法应付,无法天天陪阿坚喝。阿坚也是碍于情面,不会主动约狗子出来。而狗子那些粉丝、小兄弟，几乎被阿坚全部接管，成了阿坚的酒友和接班人。

如今，能陪阿坚喝酒的人越来越少，而能请阿坚吃饭的人更是少得可怜，仅存的几个战友，阿坚还要费心安排个一周的顺序。我的大女儿可不管这一套，有时在饭桌上直言：凭什么总是我爸爸结账？让阿坚很是尴尬。

应该说，不论哪方面，阿坚对狗子存有失望。对狗子缺失酒局，阿坚认为是狗子的"骄傲"，甚至抱怨是狗子把他带到啤酒的坑里，现在不管他了。但有一次，在网上看见狗子喝酒半夜醉倒在大街上的照片，阿坚对吴天晖夸奖到："狗子是喝酒的战士。"

08　遭遇小招

小招的死，可以算是对阿坚的一次打击，尽管他见过死。管党生骂阿坚是同性恋，何勇骂他是杀人犯，张弛骂他是教唆犯，阿坚也不往心里去。他总是说：小招是替我受苦，替我去死的。

2005年，阿坚结识了小招，这是他认识狗子之后，又一次做带路党。此时，狗子已不听召唤，小招来的正是时候。

小招，原名李建辉，1986年生，湖南会同县人。他的父母早年离异，他跟父亲和继母（第二个继母）生活在一起。2003年，他以优异的成绩考入南京师大历史系，2005年，因违反校纪，被退学。后浪迹北京，接待他的是网友张望松，北方交大的一个英语老师，安排他吃住。那时，他的网名叫"为自由招魂"，经常在网上发表政治言论。

张望松是阿坚的粉丝,曾因在校园张贴阿坚的诗作,被学校处分过。他介绍小招认识了阿坚,但也提醒小招:"以后你出了什么事,可不能怪我。"

阿坚把"为自由招魂"改名为"小招",从此"小招"开始叫开来。从这点上看,阿坚有点像江青,喜欢为"培养"年轻人改名字。

阿坚漫无边际地夸奖他是个天才,小招开始模仿阿坚写口语诗、流水账及身体写作,从此不理朝政。阿坚走到哪儿就把小招带到哪儿,北京的饭局上,又多了一张嘴。

阿坚带小招第一次出行,是到延庆的花盆、后城一带的"增肥之旅"。本来不会喝酒的小招,从喝过期啤酒起,开始了阿坚旗下啤酒主义的生涯。

后来小招在酒局上经常喝大,摔酒瓶子,甚至在饭店里随地小便。为这,小招没少挨打,时常头破血流。但阿坚把这当作身体写作,娇惯着小招。阿坚说:"大家怎么都随着张弛一起批评小招?"但老楼对阿坚说:"年轻人要打压,太目无尊长了,阿坚你不能老护着他,这样纵容迟早会被人打死。"

阿坚和小招经常住在朋友借给他们的在琉璃厂的小平房"啤隅斋",冬天没有暖气,他们就烧书取暖。

小招的母亲还以为小招在北京过上了什么衣食无忧的安稳生活，后来到北京见了小招，就趴在桌上哭了。她来北京是想劝小招返校读书，小招说："回去是不可能的，学校已经发了勒令退学的通告，我不可能回去跪着求他们。"

出了名的小招也开始有了杀父情结，经常和阿坚扬言决裂，当面对骂，甚至动手。有一次，阿坚急了，还手，用拳头把小招的门牙打掉了半个，早年练就的拳击功夫在这使上了。小招一气之下，离家出走，过了几天，阿坚还是把小招接了回来。小招拿出最近写的诗给阿坚看，阿坚说，"前几首真有进步，但后面写与女人太直接了，显得无聊。"小招说："你根本不懂诗，你那一套早过时了。"

2011年，小招带着自己打印的诗集四下巡游，让有钱人出资出版，让有才的人写评论，让漂亮的女孩献身，张嘴就是以"朕"自居。他还要办画展，结果都不了了之。

在青岛驻留期间，更是闹得人仰马翻，鸡犬不宁。一气之下，他在网上把身边的朋友全骂了一遍。落魄的小招，终于患上了精神病，倒在路边，被送进救护站。小招失踪多日，阿坚还以为他是躲在哪里搞创作呢。

一天，阿坚接到一陌生电话，对方说："我这里是潍坊救助站，你的朋友李建辉在我们这里，需要他的家属过来接他。"阿坚说"我不认识李登辉"就把电话挂了。阿坚迟疑了一会儿，反应过来李建辉就是小招，赶紧双手抱着电话打过去，详细询问情况。主治大夫说："每天一百多的医疗费，加上其他费用，如果接他出院，需要带三千元。"

阿坚四下借钱，独自一人乘火车到潍坊接小招出院。在救助站，他见到代号"181"的小招的诊断报告："181已入住10天，精神病，严重贫血，流落街头被110送来，满身肮脏，言语混乱，经过输液、服药四天后，才向救助站的人说出姓名地址等。"

阿坚又转到精神病医院，小招对阿坚说："你们这游戏可玩大了，把我玩到这了，你们怎么搞的？"

大夫说："181刚来的时候，虚弱，贫血，头发又脏又长，就给剃了。他说话狂妄，有帝王思想，是分裂症的一种。躺了三四天才清醒，现在精神状况还不稳定，至少要服三个月一个疗程的药。他现在最好是住院治疗或是有亲人陪护，监督他按时吃药，药一定不能断。"

阿坚把小招接到宾馆，睡到半夜，小招起来，不去卫生间，直接尿在室内的一塑料桶中。睡了一会又起来，直接脱了裤子坐在桶上大便。

后来，小招一人乘火车回到湖南，因生母并不欢迎他，只好又回到生父家里。小招的继母可能精神也有问题,或者是对婚姻不满,整天骂人,让小招烦不胜烦。

小招短信阿坚:"让朋友给我打些钱,我不能让家里人看出我穷,那样他们更看不起我了。"小招又发短信说自己头晕、恶心,可能快不行了。阿坚让旁边的酒友帮回短信,"吃药,休息,这是贫血反应。"不久,在回北京的路上,小招又被常德救助站收容。面对前来接他的生母,小招躲在床底下,还脱光衣服爬到他妈面前。最终,小招回到生父家休养。吴天晖在小说《转换的意象》中有详尽的记述:

> 大年初五,小招给阿坚打了电话,这时阿坚正和蔡语冰玩庐山后下至九江,接到电话的阿坚听声音,觉得小招很正常,小招说:"我爸让我正月十五就去北京工作,你帮着联系一下呗。"
>
> 阿坚说,"何必那么急,十五各单位才刚上班,我过些日子去湖南会你。"然后电话交到小招父亲手里,阿坚说:"小招聪明,肯干,帮他找个工作没问题,但不能太急,等我们先去你那边看看小招的情况再说。"

见不到阿坚,又没人给打款。煎熬中的小招给父亲写下一封遗书，大意为："爸，对不起你，我有三次机会，当兵、上学、就业，但都错过了，与我同龄的人都自立，我不如三岁小孩……在外几年，总是醉醺醺的，只顾吃喝玩乐。想从事艺术，一直没成，现在想走出去的勇气都没了。我没踏实和努力。……没有往下活的勇气，这次出走，可能就永远见不到你了。……进精神病院后……。现在特别怕坐车，连路也不认识，也不愿与人打交道。……喊爹喊娘也无济于事……"信中没有提到阿坚。

正月十二，情人节，小招在家乡会同大桥上走了好几个来回，纵身跃下。

来到小招家乡的阿坚，只是在火化场的一口深井旁，看了下已分不清谁是小招的骨灰。因当地风俗，非正常死亡的骨灰不能拿回家埋葬。

此事之后，我们都担心阿坚会经受不住打击，但阿坚不管真的假的，反正该喝还喝，而且又开始带新人了。

09　孙民和那些小兄弟

90年代末,阿坚通过李洁认识了在电报大楼上班的罗艺,他喜欢爬山越野,还在南礼士路开着一家叫"因联启明"的书店。阿坚通过罗艺,认识了中央电视台的高子鹏;通过高子鹏,认识了当老师的老周;通过老周,认识了山东一国企的团干部孙民。这些人齐刷刷地向阿坚报道,可找到组织了。一天中午,阿坚把这些新朋友叫到我家楼下饭馆,我十分惊讶:阿坚为何一下认识了这么一帮乱七八糟哪都不挨着的人?

老周把交大附近的一处宅子拿出来供这些人聚会,有人送酒、送菜,阿坚在墙上登记,以示鼓励。阿坚从灵境胡同到北极寺,终于有了"艺术活动"的窝,便搞起了"后小组"旅行,他自己号称"坚总",孙民负责发"后小组"博客,成为"孙助"。

原来生活还可以这样肆无忌惮。吴天晖在小说《转换的意象》中，描述过孙民早期与阿坚和女孩小岩等人的一次喝酒：

阿坚大概九点才回，说外面下雨，他是冒雨赶回来的。高岩松是在阿坚之前一会儿过来的，他和小岩似乎熟悉，直接坐在了沙发上。阿坚也想和小岩一起坐，但是三人就太挤了。小岩突然大叫起来，说："干什么，这人怎么这样。"

这时，一直沉默的孙民拿起三弦，朝桌子猛砸，桌子上的酒菜碗筷连同三弦的碎片乱飞，嘴里还喊着："有意思吗？有意思吗？"

这时小岩吓得要起来，阿坚抱着小岩，用手摸小岩的刘海儿及脸，嘴凑到她的耳边说："没事，不用起来。"见阿坚并没有松开小岩的意思，孙民大声说："都他妈给我起来。"高岩松指着阿坚说："摸摸怎么了，以前又不是没摸过。女人都是二百五，都喜欢男人摸。"

没过多久，孙民拿起一瓶未开盖的啤酒，向脑袋上砸去，这次流下来的不只是酒，还有血。可能是感觉到异样，孙民用手去抹脸，发觉满手是血，说："多大点事。"

从此，孙民辞了职，离了婚，改喝啤酒，文风也是流水。他与阿坚寸步不离，亦步亦趋。陈嘉映曾当面训斥孙民："你就不能离开阿坚做自己？"

应该说，孙民是陪阿坚玩得最久的哥们。如今他们每天都会在香山一带爬山，晚上在古城或植物园一带找饭辙。孙民随身带着黑笔（写诗）红笔（画章），伺候阿坚在酒桌上创作，还要负责收藏和打印成文。阿坚总是说对孙民心存感激，有时我请阿坚吃饭，他还叮嘱我要打车送孙民回家。

张弛在小说《堂吉诃德、桑丘及其他》中，将阿坚和孙民进行了虚幻和隐喻：

> 主仆二人是从霍州一路走过来的，鞋子都走坏了，一直驮着他们（实际上是堂吉诃德一人）的骡子也不见去向。那头骡子是俩人在路上遇到的，当时它正在吃食槽里的草料，身上还拉着大车。路边是一片苞米地，估计主人正在苞米地里收割庄稼。于是，俩人就

趁机把骡子从大车上解下来牵走了。对于堂吉诃德来说，这实在是无奈之举，因为小偷小摸毕竟不是什么光彩的事，但走路实在是太累了，再说，作为一个骑士，怎么能没有坐骑呢。堂吉诃德很喜欢这头骡子，一路上都在想应该给这骡子起个好听的名字，不过每次快要想好的时候，都被路上遇到的风车或者羊群把思路打断了。在堂吉诃德眼里，风车代表巨魔，而羊群则代表邪恶势力。

  对堂吉诃德来说，这次的出门经历不是特别愉快。首先在霍州，俩人并没有见到神父，虽然在此之前，桑丘把神父形容得神乎其神。说这是他见过的最为独特的东方人，他眼窝深陷，鼻梁挺直，长着一头自来卷。堂吉诃德一听就来了兴致，心想，说不定这位神父就是万里之外的知音，如果能在这个地方被封圣（哪怕是成为神父的圣徒），无疑可以成为他人生中最值得炫耀的经历。相比之下，他之前所荣获的那些啰啰唆唆的贵族头衔，完全不值一提，连桑丘都认为这些头衔是自欺欺人。

  孙民也有单飞的时候，前几年他只身骑车延腾冲直线

阿坚和孙民

到黑龙江走了半年。这条"黑腾线"是中国地理学家胡焕庸在1935年提出的划分我国人口密度的对比线，最初称"瑷珲—腾冲一线"，后因地名变迁，先后改称"爱辉—腾冲一线""黑河—腾冲一线"。孙民还写出了十几万字的笔记，许多人帮助联系出版都没成功。在阿坚的怂恿下，孙民一直拒绝找赞助出书。

多年来，阿坚几乎拒绝一切行为准则正常的文化人，有如拒绝成功。他总是习惯和自己同甘共苦、平起平坐的人厮守，和一些边缘落魄的小兄弟为伍。

这些年，除了小招、孙民外，还包括无聊人、曾德旷、管党生、方兴邦、阿海、孙磊、叶恺等，在他们面前，阿坚可以找到领袖和教父的味道。就像阿坚一直坚持在腌臜小馆吃饭，他不是不习惯高档饭馆的饭菜，而是拒绝你不能常态化地招待他。

记得有次我们一起观看导演宁竟同拍的一部地下电影，内容是记录曾德旷等人在宋庄的狼狈生活。观影结束后，阿坚拿起酒杯，煞有介事地畅怀：这些诗人让我感动，他们为我们受罪受苦，为我们坚守艺术。张弛说："阿坚你又在这贴标签，划分阶级阵线，贫穷出诗人、出画家的论调太浅薄了，你这是贬低了宁导的电影思想。自食其力是诗人、艺术家应具备的本事,成功和贫穷没有必然联系,不是说凡是落魄的不主流的小哥们写的东西就是好的。"

我也曾和阿坚说,作为老大,你要认同这些小兄弟,你可以搞个基金会,拉几个大款朋友投资赞助。我这个工薪阶层,可以管你吃喝,你就不要再带上他们蹭吃蹭喝了。但阿坚依然我行我素,有意培养新一代混混。他那些小兄弟一有什么伤病或出书,阿坚就在我们这些人中收钱资助,可他从不向他那些挣大钱的朋友伸手。讲究策略的阿坚,一是为了保存自己需要大钱的时候才动用那些人的机会,如孩子入学、租房、远游等;二是成心折磨铁哥们,让你连累受苦,英雄相惜。

我和阿坚讲过:咱们民间的也要干点正事,你看杨黎带着小兄弟们挣钱出书,骆驼与道友认真编着杂志,张弛弄了个西局书局,就连狗子还和陈嘉映搞了个对话出了书。但阿坚的观念非常强烈、固化,他的阶级性和意识形态是很讲究的,深入骨髓。

阿坚尽管把自己的身段放低,自称"老傻×",但他更习惯称自己是"傻×之父"。可见缺少父爱的阿坚,并不缺少当父亲的欲望。一拨又一拨的文学青年像拜父亲一样,跟随着阿坚,他们一会儿言必称阿坚为父,一会儿又大骂阿坚为老傻×。阿坚倒是一直与他们不离不弃，待他们比父亲都慈祥，还经常带着他们出席别人张罗的饭局，在桌上为小兄弟夹菜布肉。他缺少的那点父爱，都从这找补回来了。

10　与高世良老先生的书信情

我父亲高世良早已退休,如今88岁了。他年轻时在北京日报、北京晚报发表过不少通讯、散文,被他剪下来贴了厚厚的一本。在工作之余,还出版了有关花卉、蔬菜、水果、粮食、节气等书,多属于资料汇编,在网络不发达的时代,具有一定的意义。退休后对丰台、南苑,甚至居住地马家堡、中顶村等,进行实地考察,写出了相关著作。为此,南苑乡政府还为他设立了"高世良工作室"。2020年,荣获北京市政府颁发的首都精神文明建设奖。

我父亲的文风和生活作风都是传统的。一开始,他对我交往阿坚不太理解,总问我:"阿坚不工作,靠什么为生?"我告诉他是靠稿费。我父亲对稿费的认识还停留在50年代的水平,因此,他对阿坚靠稿费为生嗤之以鼻。后来,我父亲看了阿坚的文章,说他整日写喝酒瞎聊的流水账，比白水还白，这哪是什么文学？

我父亲是在我家第一次见到的阿坚，他看阿坚还算朴素、坦诚，特别是阿坚对我父亲百般恭维（我父亲简单的文风可能也符合阿坚的朴素理念），我父亲才对我交往阿坚，放了心。

2005年，阿坚搞"抄老家之旅"，轮到抄我老家河北枣强。正好我好久没回去了，也乐于同行。记得上次回老家，还是我和新婚的王鹏带高山流水回家乡看望小时看护她的小阿姨。

我父亲听说之后，也很高兴，他有意向阿坚介绍一些家乡的风土民情、历史掌故。这对阿坚是正中下怀，他把这当成抄老家之旅的一种格式。为此，我父亲赶到我单位和阿坚见了面，阿坚听他絮叨了半天，还假模假式地做了笔记。阿坚煞有介事地想请我父亲亲自带队回乡，我赶紧给拦住了。

我、阿坚、蓝石、狗子坐火车到了老家，小招随后也从外地汇合。我虽不是衣锦还乡，但也算是带领一行文化人认祖寻宗。张秀屯村的村主任也是高家族人，他听说北京来人后，亲自接待。村主任和村民过分的热情，让阿坚不太适应，但入乡只能随俗。

村主任一看这一行人的打扮,尤其是小招破衣烂衫的样子,再加上在酒桌上的肆无忌惮,不免怀疑我带的是不是文化人,热情锐减。

我们一行人在我爷爷奶奶的坟前烧纸磕头,业务都不太熟练,好在有我叔伯陪着。然后一群人又回到村文化站,在我父亲上过的张秀屯小学边上,看了一块民国的石碑。

晚上,村主任派车把我们送到县城的宾馆,嘱咐好好休息。我和阿坚回到房间,狗子似乎若有所失,到歌厅去找小姐,他认为这穷地方应该便宜,但实际价钱让他无法接受,狗子脱了衣服,摔在地上,大骂歌厅"不道德"。

狗子回到房间,我拿出刚刚收的当地主人送的一沓子名片,说是消费卡,并在狗子面前数着:100、200、300……狗子醉醺醺的信以为真,蓝石在一边也说:"高星,你也太腐败了!"笑得我前仰后合。

回到北京,阿坚将这次行程记录写成几千字的文章,给我父亲过目。我父亲看过之后,差点被气死,回了一封长信,对阿坚大加批责:"我家乡的风土人情你没有写,我家乡的名人董仲舒你没有写,我家乡《平原枪声》的抗日烽火你没有写,写的全是大吃大喝,还写什么找小姐。"

阿坚碰了一鼻子灰,只好回了我父亲一封"检讨":

"主要是由于时间紧迫,有些有意义的活动没来得及开展,特别是队伍中个别同志表现欠佳,影响了我们的声誉。"我父亲看了回信,懒得再回信,让我传话:"什么个别同志表现欠佳,我看就是他没带好头。"

后来,我父亲出了写花卉的书,阿坚写了书评,发在中央媒体大报上。还为我父亲写粮食的书写了序,我父亲的气才逐渐消退。以致我父亲每次有新著出版,都用毛笔在扉页上题赠阿坚。

前些天,女儿见我和几个年轻朋友吃饭,冷落了家里的事,就当着客人的面说:"你整天请这些没有用的人吃饭干什么?"我十分恼怒,后来和父亲汇报此事,父亲听了说:"女儿的话确实不对,但要是当面说阿坚、狗子这话,还凑合。"

上个月,我父亲生病住进阜外医院,阿坚假惺惺说要到医院看望,我说你就别添乱了。他回家用毛笔写下《慰问高世良先生书》,用短信发给我:

得知您老染恙,我与孙民欲去探望,您公子说须静养,一想您儿女、婿媳和孙儿,加上医护定会助愈有情有方,便想以后再看您并聆教诲。您著述丰富,尤为丰台史启古扬今,以人本润养传统文化,在民间已成口碑。出院后,您不宜再躬身耕耘,享受成果,颐养天年,是我们的盼望。

我用微信转给父亲,他当天躺在病床上写下回信《给阿坚老师的复信》:

阿坚老师:

您好!您10月24日发的《慰问高世良先生书》,高星用微信转给了我。对您的关切,我十分感动。咱们谋面很少,却友谊深厚。您对我的拙文给予了很高的评价,受之有愧。

我十分敬佩您的英勇不屈的革命精神,佩服您弃教从文的选择,经过千辛万苦,跋山涉水,实地考察,写出等身巨著,更不忘您为我写花卉书评,荣登《光明日报》。

祝您身体健康,家庭幸福,作品丰富,硕果累累!

我发在微信上,收到许多点赞,都夸他俩是"文化人"。

11　英雄主义情怀

前几年，冯小刚的电影《老炮》引发热议，有人说老炮早已过气，不管在青年人还是在女人、有钱人那里，老炮都已经不好使。老炮也有没落的一天。

还有一件引起争议的事，就是崔健参加了娱乐节目《中国之星》。有人说崔健向世俗投降了，包括崔健的新唱片《外面的妞》，由命令句式的诉求变成了祈使句式的祈求，由"我要抓起你的双手，你这就跟我走"的主动，变成了"抓住我的手，would you take me away（你愿否带我走）"的被动。似乎说明，英雄也已过气。崔健就是"现世英雄皆是孤独存在"的证明，他附和的是一曲英雄时代的挽歌。

作为诗人的阿坚也成长于老炮和英雄风起云涌的年代，而且一直生活在老炮和英雄身份的摇摆与认同中。

在我最初见到阿坚的时候,他一点不像个诗人。印象中他总是穿着蓝制服,戴白色的线织手套,骑自行车,一副工人模样,让我联想到当年北岛在建筑工地搬砖的样子。阿坚那时的生活充满传奇色彩——波希米亚时尚和俄罗斯情结。另类的阿坚,自信又虚荣,那是来自骨子里的英雄主义。

早年在工厂,阿坚跟朋友打赌——只穿一件衬衫过冬。阿坚赢了,秘诀是在室外不停运动在室内靠着暖气片坐,外加多吃巧克力多喝红糖水。有更损的朋友诱使阿坚接着打赌——穿毛衣度夏。阿坚欣然应战,但坚持到六月份起了一身痱子,奇痒难耐,不得不愿赌服输。这是他争强好胜逞英雄的一面。

1982 年,阿坚在玉渊潭中学教语文,他带着学生到玉渊潭玩,要求不用形容词写作文。他还联合在校的老师搞罢课协会,终于成为北京中学里第一个辞职的教师,他还学都德讲了最后一课。

1987 年的高考作文题目是《一个难忘的人》,阿坚的同学正是他当年教过的那班考生的监考老师,发现全班有十几个人写的是阿坚,其中也包括后来央视的亚宁。

阿坚的学生哪知道,那时阿坚正过着备受冷落、百无聊赖的日子。他学会了抽烟,从此烟不离手,并自创"三红主义"——红梅、红河、红塔山,好像红旗飘飘。

阿坚其实与英雄的一拨差得很远,何况早年还是给崔健跑堂的,属于为英雄们端茶倒水的人。身份的尴尬,名气的上下不靠,自然永远是悲喜交加的调调。好在阿坚自认倒霉,低调做人,但他骨子里的老炮精神和英雄情结已然成型。

自四五之后,几乎所有大事都少不了阿坚的掺和:911、非典、汶川地震……就连日本地震,阿坚也想去当志愿者。出道30多年,这种情结有增无减。

遇事不慌,是英雄的本钱。阿坚的儿子上初中时,也曾离家出走,正在酒桌上的阿坚听说后,有意表现出遇事不慌的样子,煞有介事地要喝完杯中酒再走。我想那是阿坚相信自己的儿子和他当年一样,走不远。

其实,英雄的阿坚也不会打架,甚至胆小。那年,张弛认识的两位西班牙诗人到了北京,大家约在南城牛街的饭馆,说是谈谈戏剧。饭馆生意兴隆,我们就在大厅里就餐。阿坚不小心掉了个杯子,碎了。就是一个特普遍的圆口白瓷杯,可以装一两白酒的那种。服务员铁面无私地说要赔偿,5元一个。我们不干,纷纷说:在饭馆吃饭,折

阿坚在疫情期间的饭馆给姑娘写诗

根筷子掉个勺碎个杯子，怎么能赔钱？

我们的一席话，鼓舞了阿坚的斗志。他像耍杂耍一样，用两手来回倒着另一个白瓷杯，耍着耍着，浜，又掉地上了。服务员在一旁说：两个，10块！张弛见状，气不打一处来，说阿坚没事找事。说着，抄起一个杯子向墙上投去。服务员说：好啊，壁纸破了，要赔三千！

在一旁吃饭的都是饭店老板的朋友，或许其中就有老板。纷纷过来拔份，我见他们个个五大三粗，一看就是附近的回民兄弟。心想，这下完了，这可是在南城啊！一会儿，联防、派出所、纠察、110巡警来了一大堆。张弛趁乱贴着墙根，一步一步往楼下走，被上来的警察迎面截住。饭馆老板指着张弛说：就是他摔的杯子！

我们一行人被拉到宣武分局。那两个外国友人很兴奋，坐在暖气架上吹着口哨。他俩被警察呵斥：这是在中国！阿坚最胆小了，赶忙给平日里总是看不起的白脸小兄弟传呼，请他来一趟。据说白脸是早年新街口一带的顽主，后来一直住在南城，写小说，也写剧本。白脸路子广，兄弟多，平日总穿着一件不知哪弄来的警服。

白脸一会儿来了，可我们并没看见心中期待的那一幕：警察起立站在两边，白哥，怎么把您给惊动了？白哥，抽支烟，等等。他们似乎并不认识白脸，我们一脸茫然。

我见状拿出在国企化解矛盾的职场精神，给警察赔不是，倒茶。晓之以理，动之以情，详细讲述关于文化人的个性行为外加艺术家的浪漫情怀，还有现代中国人素质和国际交往形象等等。

最终，警察把我们全放了，也没提那三千元赔偿的事。我倒不觉得这是我的功劳，我估计还是那俩外国人救了我们。

对阿坚越来越彻底的流水账文体还有便条式阅过即焚的行为，有人说这是末世的写作，也有人说这是创造力缺乏的表现。与他同道的狗子说，一见有想象情节的文体，他就本能地拒绝阅读。

阿坚明白，写作已是没有价值和意义的事，文学早已成为他生活本身的一种行为。如果说理想的文学仍然以大师形象存在的话，那阿坚就是一个悲剧性的人物，彻底废了。

阿坚不仅是瞎玩闹，而且是身体力行地玩。2020年新冠时期，一直闲不住的他，又给各路人马组织答题，还特意把答题打印出来，摆在郊区的废墟上，号称"疫情大草台"，对抗张弛花天酒地的"啤酒花艺术节"。

可以说阿坚是当代最后一位英雄主义的诗人了，可贵的是他的坚持。他之后再有什么人如此生活，我们都不会认了。一般来说，我们会管那些人叫疯子。

热水泡啤酒

12　崇尚张承志

几天前,我和蓝石等人在网上云喝,聊到蓝石正在拍摄有关阿坚的纪录片。许小飞知道我写过阿坚的一些文章,就问我:那你说说阿坚最大的特点是什么?我一时哑口无言。蓝石打圆场:对于阿坚,我们一般不这样问问题。

阿坚崇尚英雄、同情弱势的情怀,是和早年的生活经历分不开的,甚至是根深蒂固的血脉遗传。阿坚一直彰显着反抗权威、拒绝合作的姿态,这和阿坚小时经常挨父亲揍、缺少父爱有关。出于逆反心理,阿坚对伊斯兰有着深切的同情和暧昧。阿坚说自己骨子里对侠客烈士格外敬重,其实他最缺少信仰和庄重。

阿坚非常欣赏张承志,为此,有朋友差点当面翻了阿坚的酒桌,以致决裂,可见张承志是一个非常敏感的作家。

北岛曾在《今天》编了一期张承志的专刊，我见到阿坚一脸不以为然的样子，很是吃惊。我后来才明白：阿坚不在意谁认同张承志，他需要的是更多的不认同张承志的人，这才显出他的独立本色。

"9·11"后，阿坚不仅行为急剧颓废，思想也急剧变化。虽然他说"既不向着回民，也不向着汉民"，但他的态度还是鲜明可见的。阿坚对女人一贯的蔑视，倒是显得有些类似的恐怖。

2013年，阿坚写出了一部游记的长诗《人不怜人天若何》。后来，甘肃朋友刘润和把阿坚这本诗稿印了出来。

程大力说阿坚的观点不是简单的是非判断，是站在国家、民族、人类甚至上苍的立场，我觉得有些过了。尽管我不认同阿坚的某些观点，但此书带给我的触动是鲜明的，我似乎是第一次如此理解阿坚的态度，这种理解来自多年来对阿坚认知的打通。当然，我不是想标榜自己的宽容和多元。

巴黎的袭击者也是将摧毁世俗性作为最终目标。有人说，这不再是基督教文明与伊斯兰文明，不再是西方与东方，而是一种线性重复的永恒现世和激情澎湃的末日想象。身在其中的阿坚也只是当下多元的一部分和一种声音而已。尤其自"9·11"及巴黎袭击之后,越来越让人加大了将他和伊斯兰教关联的想象。

当然我明白阿坚是不做评判,只是尽量描述亲临现场的感觉。福柯在《话语秩序》中说:

> 昔日事件的叙事特征,就现在保留在今天的书面语中的历史话语之中。这三个术语:叙述、事件、昔日,有着同等的重要性。发生在历史上某一时刻的事件在叙述中被表述时,言说者无法对此有任何干预。为了被作为已发生的事件记录下来,这些事件必须属于过去,我们必须把历史叙事界定为排除了任何自传体语言特点的话语模式。历史学家永远不会说我或你或现在,因为他永远用不着这种话语的形式结构,这些人称的关系,时间表达方式的领域亦是以类似方式界定的。历史话语承认三种时态:不定过去时、未完成过去时、过去完成时。

阿坚总是有意无意地在严肃中玩笑。陈嘉映说阿坚是中国"解构主义的先行者",不论世界还是阿坚自己,都一同被解构了。

　　阿坚尽管不肩负传播知识的责任,但他在快乐的叙述中,特别是在贴近自然的概括中,呈现了历史的记忆。

13 后旅行与后小组

MAX 探索客在博客上撰文,如此全面地介绍阿坚:

爱较劲似乎是中国最早这帮户外"老炮"的"通病"。走长城、漂黄河、渡海峡、过沙漠,凡事迫不及待,唯恐别人(特别是外国人)抢自己头了去。只进不退,所以能健在当属不易。阿坚年轻时也事事争先,但不同之处是,他的爱好过于广泛。诗歌、小说、游记,著作等腰(身长一米九,腰比别人高);轮滑、拳击、游泳拿过名次;烹饪取各家之长,开辟独到口味,数次被中科院青藏高原研究所聘为后勤总厨(也叫伙夫)……

其实,那时阿坚还给崔健当过跑堂的。阿坚的旅行也是非常人可比：他分别从四条路线六次入藏；骑车从北京去过新疆；徒步从古北口沿长城走山海关。他宣称玩儿就得玩儿别人没玩儿过的。

后来阿坚玩起所谓"后小组""后旅行"，提出"行为而不艺术""啤酒恐怖主义"等口号。他带着一群穷哥们，坐绿皮车，住小旅社，到偏僻小镇，打着各种花样名号，有"沉默之旅""赤足之旅""三轮车之旅""马拉松之旅""抄老家之旅""增肥之旅""吃醋之旅"……阿坚有次让我出个玩法，我说"不喝酒之旅"，被他断然拒绝，什么都行，但"啤酒主义"大旗不能倒。

在这些另类且无意义的旅行中，我觉得最好玩的是去东北的"沉默之旅"。阿坚定的规矩是，一行人在路上谁也不能说话，说一个字，罚一块钱。有一次刚进房间，阿坚无意中问房间里的电视是不是彩色的？旁边人伸手在数字数，阿坚还不以为然："什么？有几个台？"最终，阿坚被狠狠罚了一笔。后来在酒桌上，阿坚总习惯挤对别人喝得少，也都会被罚。

由于他们在车上总是比手画脚，或用纸写字，或装哑巴，形迹诡异可疑，终被车上的人民群众举报，一行人被带到当地公安局。在警察面前，他们还用手比画，警察严肃地说:"少废话,用嘴说话,别装了,早就看出你们不是好人了。"最后解释半天,警察也不明白他们的行为。

近年,阿坚又玩出了新主意,寻找中国的三省交界。但中国到底有多少三省交界,阿坚也不好回答,因为行政区划一直在变,只能玩儿在当下。阿坚说:"希望我寻访三省交界的速度跟得上祖国新置直辖市或省的速度……这不雄安新区已经出来了。"

在交界点,大多都有三省交界碑(桩),一般是三角柱型,上镌相邻三省的全称或简称,并"国务院"和年月日。但滇川桂的三省交界点,是一个三江口,无法立碑,也没见"浮漂碑",阿坚似乎还非要一猛子扎进三交点去看看。

经常可以看见阿坚手绘三省交界地图:冀鲁豫三交在农田里;鄂豫陕三交在街巷中;蒙吉辽的在铁道旁;京津冀的在国道边(此指安平镇附近,京津冀另有小甸屯附近、大岭后附近、红石门附近三个三交点)。三交点位于草原的,如蒙吉黑;位于沙漠的,如蒙陕宁;位于河道的,如鄂皖赣、浙沪苏、滇桂黔;位于山顶的,如蒙辽冀、粤湘赣、鄂豫皖。

有些交界点很难靠近。阿坚坦言:"我没去过藏新青、藏新甘的三交点,仅去过其三省最近三交的县域,故不知

阿坚在三交地带旅行

这两个三省交界点立的是啥。前者在阿尔金无人区和可可西里接壤处——我最多就到过阿尔金的阿其克库勒湖，后者在当金山口以西——我最多就到过附近的矿区。"

三省交界背后的含义远比表面上来的复杂。传统意义上的边界划分，按地理条件、不同的文化、不同的民族划定地域，但实际上并没有地图上的分界线那么清晰，更多的是混杂与模糊。大多的三交处成为一省与另外两个邻省的经济交换处、文化感染处、风俗融汇处、甚至是三不管地区。不少的交界处，方言模糊，三省通婚率高，饮食、服饰、民居建筑类似。而疾病种类、婚风殡仪、五官肤色、好恶忧喜、节日禁忌、贫穷富有等，是阿坚寻访中的着眼所在。

现在不少三省交界处已经开发了旅游，交通便捷。但身临其境，系统寻访，阿坚当属第一人。我问阿坚："怎么想起来寻访三省交界？"答曰："还不是虚荣心作怪。"

在玩上，阿坚出主意，定路线。在酒桌上，阿坚虽然不负责结账，但他经常定喝酒的规矩。有时为抢定规矩的权利，他会主动罚自己多喝几杯，改规矩。但偏执的阿坚，总是执行自己发明的转勺、掷色子的规矩，却从不参与别人擅长的划拳规矩。就像他可以清唱美声，却从不喜欢有人抱着吉他在酒桌上唱歌；可以逗逗饭馆服务员，但从不花钱去歌厅找小姐。

阿坚前前后后也玩了四十年了，总有玩腻的时候吧？并没有。近年，他又开始转各地老教堂，转各地废弃监狱，转各地古塔，转北京郊区废村，一点不得闲。狗子在2019年《第三届西局奖颁奖词》中对阿坚的户外行为做了彻底总结：

> 在户外运动领域中，多年来阿坚始终秉持着特立独行的叛逆姿态，他只爬野山，对名山大川不屑一顾；他迷恋荒村野店，为此走遍了中国大陆所有的42个三省交界点，并自创"三交主义"，可惜无人喝彩，三交主义只落得个自生自灭的下场；他寻访各地废弃的古塔，并写下了有关古塔的大量诗文，其成就可观，但知音寥寥。
>
> 他成立"后小组"并制定章程"玩前人所未玩"，在他的策划组织下，后小组搞了十余次"后旅行"，包括从北京骑三轮去山东，轮滑环海南岛一周，川黔渝游野河，皖赣浙跑马拉松，光脚走闽赣粤，还有中朝边境三天不说话的沉默之旅、河北河南山西交界三天

不许停止说话的絮叨之旅以及增肥之旅布朗之旅换名之旅吃醋之旅等等。有人提议搞一次不喝酒之旅，一向低调的阿坚断然拒绝。

阿坚要发出这个时代最强烈的不和谐音。这一二百年来，在我们这个地球上，产生了各种各样的运动，有些野蛮残暴，有些怪诞荒唐，户外运动或多或少当属后者之一。阿坚本着他一贯的不合作风格，以一己之力，妄图以怪制怪对户外运动加以纠偏，当他在这条破罐破摔兼胡搅蛮缠的道路上走得一帆风顺即将大功告成之际，今天西局书局把"户外运动终身成就奖"授予他，这让他所有的努力再次化为乌有，难道这不正是对他一生宿命的最好顺应吗？

阿坚的弟子小华最近要到山西和走黄河的阿坚、孙民汇合，他在朋友圈说：

> 去灵宝会阿孙，接下来几天我会跟他们在晋陕豫交接地带的县乡村（不怎么进城市）溜达几天，白天我们会一如既往地假装看各种古塔以及不同级别的文保单位（买票的基本不进），对各种宗教场所（寺庙、

教堂、清真寺)"兴味盎然"。晚饭的时候掷起骰子来像头回玩这么有意思的游戏，睡觉以前把小旅馆的抽屉翻过来在上面拉拉杂杂写点长短句，里头会提到几位老朋友（比如张涟水、无觉寺疼尼等）。做这些之前，阿坚会说：孙民！武器。孙民则心领神会的拿出骰子或马克笔。

我把这当作陪退休老领导散步。多年来，我们像拖把一样在960万平方公里的土地上来回划拉。打发时间之余，为火车、小旅馆、小饭馆贡献了一点微薄的营业额。子鹏说，阿坚逛的是残山剩水，孙民说和在跑步机上跑步差不多，到哪都一样，他连写博客都省了。前些年，阿坚活力满满，花样频出，举着后小组的小旗跟时代逗闷子，玩得不亦乐乎，也算求仁得仁。如今他俩暮色苍茫，再煞有介事，就难免显得有些落寞。

14 传世之作

阿坚从 80 年代就养成了在北京周边爬山的习惯，他不仅身体力行，还带着各路朋友一起爬，他当然不会爬收门票的旅游景点，因此成了爬山专家和向导。那时他负责背包、做饭，很受女孩子青睐。

后来，阿坚写出了《北京千米以上山峰手册》书稿，号称山峰词典，但书商让阿坚删掉个人化特别是喝酒一类的内容，补充地质、植物等专业知识，罗列吃住行信息，成为具有导游性质的书。阿坚不干，因而此书被长期搁置，只在网上传播，许多人照着阿坚的路线图开始爬山。

《北京千米以上山峰手册》近年终于出版了，有人说，这是阿坚最正经的书，是传世之作。空错在序言中写道：

> 我问他，为什么要爬那么多山？他说，在诗人圈

里，自己最能爬山，所以决定"虚荣"一把，索性做个北京山峰的专家。有时候，找个伟大的意义，哪怕虚荣点，也很必要，至少催人行动。不管他这话是真是假，阿坚接下来就像他的名字一样坚持，爬得很执着。北京西侧的太行山、北侧的燕山，是大自然赐给北京人的福利，千米以上山峰不少，有名有姓的大约80座，他前后用了二十七年，好几百次奔波，爬了60多座，登顶40多座。光是这些数字，就令无数山友肃然起敬。我自诩爱自然爱爬山，但与他的行动力相比，就是小巫见大巫。

阿坚在书里写道，1999年爬笔架山，想请老乡领路，但老乡说林子里蛇多，给多少钱也不走，只能自己前行，沿途拨荆钻刺，弄得一身湿黏脏。待登得山顶，他发现：

> 天晴得以四望，北见延怀盆地中的官厅水库，以及从广坨山迤向大营盘南山的明长城；西南群峰无数，可辨认的是大草坡顶的东灵；南边的青水尖、老龙窝、百花山、百草畔、大黑林序列东西，峰峰有致；东北方向由近及远是烽台坐镇的黄楼洼山、设有电讯塔的

清水顶、大慢坡的大海坨。

这是阿坚登山多年后达到的境界,一座座山峰,如数家珍。说起这些山名时的亲切,如同介绍一圈常聚会喝酒的老朋友。也许正是这种与世界简单而强烈的关联感,让阿坚的爬山动机,从当专家做英雄的虚荣,变成做平凡人交好朋友的真爱。

阿坚爱读书走路,爱写日记,养成了再忙再累也要写日记的习惯。他曾以炊事员的身份随中科院地质队进西藏青海新疆考察,留下十多万字的科考日记。他组织"后小组"旅行,玩前人之所未玩,留下114种玩法约八十万字。他走京西古道,写了《京西古道词典》。还说为避免老年痴呆忘记朋友,曾写过《朋友词典》。

空错在序中介绍,阿坚走而瞧,瞧而记,记录日常生活,简洁又干脆,准确又自然。和很多手册不同,书里没有一句话是抄来的,全是他亲自走出来的,是当年山路山景的真实再现:大海坨"每次都看见黄羊、狍子,离人也就30米","老龙窝顶无水源,脊上的草甸处夏日有牧马人小窝棚"。昔日风光,历历在目。他详细记录爬山的用时、里程、方位、场景、人物及对话,全是细节。他还画出40

阿坚在废村旧屋墙壁题诗

多张手绘地图,读者爬山前读一遍,"就能少迷路少麻烦而多知道些具体有用的信息"。很难想象一个写诗的人,写作能像照相一样,只呈现事实,不夹带感情。"野山将日少一日,我这些北京山峰信息也难免渐行渐旧。就算为20世纪的北京千米以上山峰留个旧照吧。"留个旧照,也许是阿坚写日记的本意。

2008年国庆节,阿坚的爬山好友任铁生在铁坨山爬山失踪,消息惊动了北京城,各种救援队伍上山寻找。

阿坚和一些朋友也在其失踪的附近寻找。阿坚还约上小招、狗子一起去铁坨山搜救,说老铁还请过他俩喝酒呢,但他俩都认为阿坚只是凑热闹。

阿坚知道,任铁生虽酷爱爬山,但心脏不好,血糖高,在山里方向感也不行。铁坨山之前阿坚也爬过,但未登顶,任铁生好胜心强,不怕凤雏落凤坡,一定要攻克铁坨山。

任铁生失踪后,过万人寻找了一个月,没有任何好消息。在搜救过程中,发现最有价值的线索就是任铁生在失踪前于十字道村附近山梁留下的一张纸条。上面写着:"……以备万一留此条。爱给路过的一切人……"

15　诗歌写作的轨迹

阿坚至今一本诗集都没公开出版。作为诗人,阿坚一直处于诗江湖的边缘地带,从没有引起风口浪尖的注目。陈嘉映称阿坚为"半作家",属于"原生态写作",因为阿坚的写作"跟他怎么生活连得太紧"。

还记得1990年,我从长虹桥边上的《诗刊》社出来,在公共汽车上读着刚刚拿到的杂志,看见上面发表的《手风琴》,那是我第一次读到阿坚早期的诗作:

> 手风琴响起的时候
> 共青团员们在歌唱
> 苏联的电影常常这样
> 森林湖泊,工地或广场
> 最方便的音乐就是手风琴

那时的周末，我们骑上自行车
带上面包水壶，老式手风琴
仿佛电影里的苏联青年
在郊外林地，吃饱了就唱
把共产主义理想都唱近了
手风琴声竟能那么飘扬
像国旗又像裙子的飘扬
手拉手站成一圈了，男女叉开
跳吧转吧，一个彩色的太阳圈
不问几点，似提前来到了苏联
河水哗哗，谁也不提回家
一支支唱着伏尔加顿河涅瓦河
唱着莫斯科像唱着自己的祖国
那架手风琴永远在伴奏
每人都想上去拉上一段捣密骚
没想到那琴商标是俄语
我们用俄语唱起故乡呵故乡
仿佛共产主义是我们的故乡
仿佛再唱几遍就快唱到了

我清楚记得读后的感觉,像车外的阳光和风,自然而然地来到我的身边,充满轻松和愉悦。在口语化诗人阿吾、于坚、韩东、杨黎之外,我认识了阿坚。作为北京的土著诗人,阿坚可以说是北京诗人里的王朔,那种在字里行间悄然流露出的玩世不恭,是那代人共有的潜质。

诗原来还可以如此朴素,如口语一般,也如阿坚的生活。阿坚小时跟着父亲烧过锅炉,大了在地质科考队当过伙夫。冲这点,他还真有点像俄罗斯的布罗茨基。布诗人也当过火车司炉工,在地质勘探队干过杂务,后来自命不凡地开始写诗。1964 年,布罗茨基被法庭以"社会寄生虫"罪判处 5 年徒刑。好在游手好闲的阿坚,日子过得还算有滋有味。

布罗茨基是俄罗斯的诗歌英雄,他肩负使命,直面现实,在诗中结合进抽象的哲学与玄学。他自命为"大写的人",评估着时间与空间,构思精神,宏大叙事。他学习但丁好榜样,以造物主的身份,"将一个词填在空白处"。他为此感染着一代人,"要创作伟大的作品,必须选择伟大的主题"。

阿坚尽管欣赏布罗茨基,但他跟布诗人的思想差距和地理距离一样远。他并没有写一部《神曲》的打算,强烈

阿坚、狗子、张弛、曾淼在一起（2015）

的平民意识，低调的写作态度，写的都是自己的小题材。如果不是为了稿费，他也不图发表出版，以得到社会承认，实现"正义的胜利"。他长期的生活，在别人眼里都是穷困潦倒的。写于那时的《网球》，是他的名诗：

> 飞行的网球，绿色流星
> 对面的大款一身肥光如月
> 他夸我喂球喂得舒服
> 又让我喂他春夜似的情人
> 她以为大款的朋友也是大款
> 朝我发出卧室般的微笑
> 她弯腰拾球若撒娇翘尾
> 让我舒服得忘了自己穷富
> 大款说要去谈判不带我去吃了
> 她问我呼号，给她潇洒写出
> 却没告诉她那是公共传呼
> 他们上了轿车，我上了自行车
> 半道饿了，碰见拉面馆
> 钱只够买西餐的主食和冰棍
> 拉就拉面吧，真像我满肚柔肠

> 拉面老板的儿子盯着网球拍
> 喊爹，咋有这么大的苍蝇拍
> 那小童怯怯地望我像望着猎人

当然，阿坚也享受着诗人的光荣。那时他每写完一组诗，就托人用老式铅字打字机打出来，装订成册，郑重其事地题赠给各路亲朋好友。他每年都会有几大本自印诗集，如此高产，我觉得只有车前子、伊沙、臧棣等诗人和他有一拼。那些诗集上凹凸不平的铅字，散发着油墨的新鲜，像阿坚平日大踏步的脚印，掷地有声。后来，他图省事，直接复印自己的手稿，装订成册送人。那些成摞的诗集，见证了那些年阿坚对诗歌的敬重。

后来，阿坚从西单灵境胡同那间著名的小平房搬到了北极寺的地下室。阿坚一直没有锁门的习惯，一天，他多年积攒下来的一大筐打印诗集，被收破烂的偷走了。我还记得当时阿坚在第一时间跑到我家告诉我这个噩耗时，一脸沮丧的表情。我试图为他想办法挽救，便问他可否在朋友中收集一套全的，阿坚说：朋友手中也是四下散落，关键是丢失的还有一些是从未打印过的手稿。我绝望地对他说：那以后还怎么出版《阿坚全集》？阿坚很快就恢复了镇静,一副了无牵挂的样子。阿坚践行了一切都是身外之物,他如一个身无分文一无所有的人,开始在京城彻底流浪。

不知道现在谁手里还有阿坚早年的油印诗集,据说网上有人出售过一些,价格不菲。前些天,"啤酒花艺术节"策划人小华从网上买到一本阿坚早年题送给某人(还是个名人)的诗集。如获至宝的他,把诗集拿给阿坚看,被酒桌上的阿坚一把扯了,扔进了火锅里。不知道这个行为,阿坚想表达的是彻底否定诗歌价值的决绝,还是面对被老友抛弃后的恼羞成怒。

吃饭一直是阿坚的重要内容,温饱问题使他成为哥们们持之以恒的扶贫对象,脱贫攻坚的任务至今依然严峻,他为此倒并不发愁。当年在《吃了么》中他写道:

吃了么,没呢

吃了么,吃了

吃了么,快了

吃了么,怎么着

地湿天先湿

问人先问吃

人嘴张天地

饥饱最先知

吃肉的人，不要太肉

吃面的人，不要太面

大师能喝西北风

倒指东南练气功

吃饱无愧

饿是犯罪

犯了第几

破坏自己

"9·11"之后，阿坚开始反对"霸权主义"，似乎要与这个时代"抬杠到底"。随后，他写出了长诗《人不怜人天若何》，标志着他人生哲学的再一次转变。

阿坚是敏感的，但不是有责任感的。他的诗句是片段的画面，是散点式的记录。但它传递的信息是现场的、可触的，甚至有一定的地理学和人类学成分，通过一系列细节，可以感触这个时代的现象和道义。

如："我们爬上宋代军堡看新亮的县城，热得不敢喝下面的古泉/我们歇在左公柳的荫下，望着校服鲜亮的学生，算了，别打搅人家。""现在，汽车的轰鸣比枪声响，霓虹的彩光比战火亮。""清真寺亮丽,娘娘庙朴素,商场无性别和信仰,高大。"阿坚津津乐道生活的世俗化,但他所反对的精英文化,其实也是世俗化的推手。

阿坚对这一时期的一些长诗写作,非常看重,他认为除了《自由宣言》外,更重要的是旅行方面的写作,如:《人不怜天天若何》(约七万字)、《沿着左宗棠的西进路线晃晃悠悠》(约六万字)、《大凉山麻风地区之访》《西南劳改场之访·雷马屏、大堡等》《废三线之旅》《20世纪初西南传教士路线之旅》,等等。阿坚在小传里写道:

> 回望近二十年诗途,发现自己身上的真理:才华灵气不足,那就用腿来写作。即多跑路,如实简记他人不常见者。至于短诗,常在酒桌上写在烟盒上,等于加个下酒菜。众酒友不弃我。啤酒就是我的墨水,但写的东西还是干燥,因无妇情之润哉。人生虽无聊,但也得找些事来填补,写是软事,行是硬事,啤酒是软硬间的桥联。

阿坚也认识到自己真老了,疫情期间没能冲向武汉,没像汶川大地震似的去往青川木鱼,因此没能写出 2003 年

《非典时期喝酒记》那样的诗作。

2011年情人节,小招的离世,对阿坚的打击应该是致命一击。尽管阿坚似乎什么事都可以若无其事,"英雄有泪不轻弹",但也都是装的。否则,阿坚不会在每年小招祭日时,为他写下祭奠的诗作。

在小招去世当年,阿坚就写下了《给小招和小无歌》,可见他还想把小无培养成接班人:

小招小招

小无小无

一个在天

一个在地

小招不在

还有小无

醉酒醉酒

搞女搞女

小招小招

一个诗神

万般狂傲

唯有诗高

小招小招

小无小无

深得吾爱

小招已走

还有小无

天地万物

莫过于此

醉酒醉酒

小无小无

2012年1月,阿坚在古城为小招写下了组诗,共28首,林林总总,近万字。其中有《一周年了,才觉你狠狠地离开了我们》,其实完全没必要带"们"。

有人说阿坚的"后小组"就是小邪教,用啤酒给小招洗脑,阿坚也总是引用狗子的话说,"越好的朋友就越要相互折磨",用张弛的话说,"咱们就是要照死了喝,看谁喝到最后"。阿坚面对所谓"教唆犯"的指责,在《有人问我,你敢自杀么》中如此回答:

其实,我早做好了回答的准备

当有人问我，你敢自杀么

猜猜，我怎么回答的，我说，我不知道

那人接着说，你好好想想

我说，可能我得想一辈子

我说谎了，我肯定不会想一辈子，想一辈子还不疯了

或是，我一辈子都不想想这个问题

但一辈子里不抽空想这个问题似乎也不可能

那我什么时刻才能想想这个问题呢

我不知道，我真的不知道么，我——

到时候现想还来得及么

让我现在想想到时候现想还来得及么

敢自杀么，到时候现想是敢呢，想想为何是敢呢

我想想我想得对么，如果不对呢，我想想

敢自杀么，到时现想是不敢呢，想想为何不敢呢

我想想我想的对么，如果对呢，我想想

我想，我想想想，哎呀，我想不想想呢

我不想想敢不敢自杀这问题了

我想不想了，我不想想了

我不想想不想了

我——，招儿呀，快给我拿瓶啤酒

阿坚一直把小招捧成罕见的天才，但在这组诗里，他煞有介事地写了一首《你的诗真的一般》，多少有点虚伪：

> 招儿呀，你很看重你的诗
> 可我觉你的诗真的一般，也没人贿赂我夸你的诗
> 哪怕你那么滑稽地一跪，你的诗也矮了
> 纵然你那么悲壮的一跳，你的诗也高不了了
> 但你仍然是个小英雄，没人贿赂我我也夸你
> 你是我的小英雄，你是不少女人的小英雄
> 甚至你是你敌人的小英雄，英特那雄，不耐尔了
> 你活了25岁，你在我心里还能活四五十岁
> 你的诗还能活一百岁么，比如2112年
> 还有人念叨你或你的诗么
> 连海子顾城也够呛了吧
> 我早就跟你说过，不要把诗太当回事
> 诗就是你身边永远年青又愿为你殉葬的女人
> 陪你一辈子伺候你一辈子，就够本了
> 招儿呀，你够本了，但我也不敢断言
> 忘了听谁说的，可能是我
> 就是，你要弱，诗也能把你毁了

不过，喜欢上诗了，这就是命

这也是阿坚自己的诗歌宣言。阿坚在2020年疫情期间，又为小招写下了一组诗，其中有《将操淡进行到底》，一如他的固执己见。我觉得阿坚一直没能直面小招的死，他拒绝反思：

被人骂着长大的人，风雨中不易伤风

被人骂着变老的人，风雨中不易中风

不怕挨骂，就像不怕被夸

凭什么你说我操淡，我就得为你改掉操淡

我们就是要将操淡进行到底

你已经进行到底了

我呢，刚进行到一半

不过，操淡真费友谊呀

越来越多的老朋友不理我了

他们躲了我初一躲了我十五

操淡真费思想呀

想一个新操淡的主意越来越难了

操淡真费身体呀

> *我的腰椎我的髋骨快顶不住了*
> *我的眼睛我的阳具已经不听我的话了*
> *坚持呗，坚持到啥时候呢*
> *坚持到坚持不住的时候*

阿坚现在已然开始纵情地消费自命"操蛋"的身份，有时我请客，他在酒桌上还用儿歌骂我："你这个傻逼，还写何绍基。"可见操蛋。

2016年，张弛搞了个"西局书局"，似乎取代了阿坚的"后小组"。阿坚有意无意地采取不合作姿态，提出"打倒西局"的口号。在微信公众号追求"10万+"的行情下，他似乎有意反其道而行之，仍热衷于一对一的传统传播方式。

在酒桌上，阿坚经常用随身带的（有时是孙民备的）圆珠笔、签字笔、水彩笔、毛笔等，将"诗"随手写在烟盒、纸盒、硬纸板、瓦楞纸，以及随身带的书包、衣服、菜单、结账收据，甚至是餐馆的盘子、杯子上。他的"作品"创作有时是即兴发挥，有时是朋友命题；"作品"文体包括七言或五言律诗、汉赋、顺口溜、散文、藏头诗、对联等；"作品"传播方式有的是当场送给对方，有的是献给在外地的某个朋友，由有微信的朋友负责拍照传送或在朋友圈发表；"作品"形式有时是大家共同参与，被在座的每人添上一笔，被张弛等人在空白处画上插图（多为淫秽内容），被孙民用红色粗笔画上印章；"作品"的结局有的被朋友带走收藏，有的被撕碎或遗弃在酒桌上。

有人想把阿坚的这些"作品"收集起来，办个展览，但这可能比给阿坚出《全集》还难。

罗兰·巴特 1967 年发表了他最著名的论文《作者之死》，这篇论文成为他从结构主义转向解构主义的标志。作者已死，不是指作者的不存在，而是指作者的隐蔽。从根本上说，不是指将文本的主宰地位转让给读者，而是指获得了一个自由的阐释空间，一个多维的、立体的阐释空间。唯有作者死亡，读者才能诞生。所有阅读活动，都是读者的心灵与一个写定的"文本"的对话，文本的价值也在这个过程中被创造出来。

阿坚像古人题壁诗一样，没有作者的留名，那是反文本的写作，是作者的消亡，甚至是作品的消亡。他这些近似行为艺术、即兴表演的诗歌写作，正是对快餐文化、消费文化的解构。

阿坚给女孩的题诗最多，免不了俗气。其中题写最多

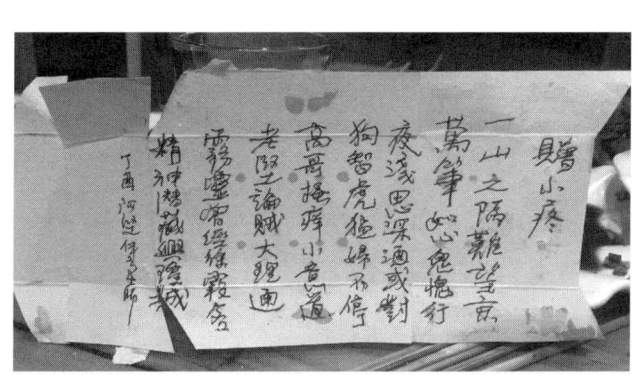

烟盒诗

的是给小说家小疼。小疼每次看见发来的阿坚诗作,都会嘱咐要保存好。其中有一首2017年写的《第三个立夏赠小疼》,诗中不仅混杂着生造词和生僻字,且佛语和淫乱并存:

何处有觉不能急

灵路无灯可拉稀

兴隆高地气多凉

京城低文屁自奇

民歌跑调意义走

乱诗淫诗想念畸

万古或佛走天道

不让生死靠鸭鸡

在另一首写给女诗人春树的诗中,阿坚倚老卖老:

当老诗人更老

复兴路的公交上

我挂着乘车卡

小妇让我坐

我傻笑，看脚
说：认识你姥姥
万寿路附近的娃娃
再生娃娃，一串诗吧
收获了，也怂了
我想改名叫阿软
写欠条也用毛笔
你坐过的鲍家街沙发
已卖了

诗歌在大众读者中产生共鸣，被一代又一代的敬拜者咏唱，已成为昔日风景。在阿坚这些游戏的诗作中，诗歌写作的永恒性、象征性及神圣感彻底消失，寻求诗歌的庇护和创造的意义变得徒有虚名。加拿大学者查尔斯·泰勒在《世俗时代》一书中指出：

> 早期诗歌的参照是由已有的公共意义（存在链、神性历史等）确保的，现代诗则与此不同，因为它并不倚赖已被承认的结构。它开启新的路径，"释放"新的现实，但只是对那些与之有共鸣的人而言。

阿坚在酒桌上的"诗歌写作",如逢场作戏一般,他不再绞尽脑汁找到恰当的语词,更不会依仗自己独有的诗歌谱系,追求超越语言的效应。他用及时行乐的狂欢,表达貌似同流合污的堕落,践行对世俗社会的终极反抗。从这一点来说,阿坚还真有古代诗人题墙佚名的劲儿,也有着当下互联网时代销声匿迹的精神。说到底,这是一种英雄落魄的悲剧情怀。

狗子

这些年，阿坚几乎天天晚上要在外面找人喝酒，还美其名曰把这当成是与朋友交流写作的机会。有一天，临近傍晚，阿坚见还没有人约酒，便在家坐不住了，只好主动出击。他考虑到昨晚刚和我喝完，已不太好意思，便先给好说话的蓝石打电话，蓝石说："在外地。"阿坚又问张弛，老弛说："已在食堂吃。"阿坚说："那我赶过去。"老弛说："你别来了，你到了我也该吃完了。"阿坚没办法，只好硬着头皮给狗子电，决绝的狗子说："今我不出去了，要在家带孩子。"当天晚上，我和刘润和在我家楼下饭，想起阿坚、狗子也认识他，便电话他们赴饭局。正在家郁闷的阿坚，喜出望外地赶来了。一会儿见狗子也来了，阿坚的脸一下拉的和饭桌上的鱼盘子一样长……

01　计委大院的孩子

我还记得小时候交学费，母亲如果实在没零钱，在给我那张 10 元大票时，总要千叮咛万嘱咐，别丢了，但还是不放心，就用大别针别在我装钱的兜盖上，可见其珍贵。

这张 10 元大票，是 1965 年发行的第三版人民币最大面额的券别。其正面主景为"人民代表步出大会堂"图，象征人民参政议政，当家做主。由于人大代表来自各行业、各民族，因此该券也被称为"大团结"。如今二罗码、三罗码的版别，已售价两三百元。

这张钱币画面左侧那位戴鸭舌帽、穿中山装、手握皮包、一身干部模样的人，据说是当年造币厂设计师以狗子父亲的形象绘制的，使他父亲走入了千家万户。但如此"富有"的狗子，后来日子过得并不富裕，也一直在消费着他的父亲，他今天住的房子还是父亲给他留下的。

狗子的父亲叫贾德安,祖上是山东聊城。我和阿坚还专门去抄过狗子的老家。在狗子一亲戚家,我们还看到了贾氏家谱挂图,什么都不在意的狗子当时并没有仔细端详家谱。据说狗子的父亲很少和家乡人来往,在北京还曾拒绝给到他家送土特产的老乡开门,看来狗子的冷淡也是有遗传的。

四十年代初,狗子的父亲和爷爷闯关东,来到黑龙江的后郭尔罗斯,就是现在的大庆市肇源县。肇源被誉为松嫩平原腹地集粮牧渔油于一体的"塞北江南"。狗子的父亲在那里上了初小,后投身革命,并在革命队伍里结识了狗子的母亲张冶。

1950年,狗子的父母先后随东北局调入北京,进入国家计划委员会工作,入住三里河一区国家计委宿舍大院。七十年代末,狗子的父亲调到广电部财务司任司长。

1966年,狗子出生,大名贾新力,小名叫小力。"新力"为新生力量的意思,狗子小时候总是蔫头耷脑,信奉沉默是金。他父亲暗自思量,新生力量怎么这副德行,在狗子上小学前,便把"力"字改成"栩",希望他能栩栩如生,长大后为国家争光。狗子曾写过《童年二题》:

年轻时的狗子

我小时候心脏不好，平时就有喘不上气的毛病，为此，我妈还带我去阜外医院检查过，好像是先天性心脏有什么缺陷，没得治，等长全乎了就好了，此话不虚。

狗子在回忆中说：

自认我从小到大也软弱、胆小，但我从小到大都没变成被欺负的对象，我通过谄媚、耍心眼每次面临被欺负的境况都能顺利逃脱。

这种内心柔弱、寡言而又机敏、间歇式暴躁的性格，几乎造就了狗子的一生。

狗子的母亲后来从北师大幼教专业毕业，分配到六一幼儿园当老师。六一幼儿园前身是延安保育院，当时的园长就是延安时期过来的。狗子在文章中写到了最早关于夏天的记忆和幼儿园生活：

我四五岁时幼儿园举办了一次庆祝六一儿童节文艺会演。会演在上午举行，地点在幼儿园空场语录牌下临时搭的舞台上，那应该是1971年左右。那次会演很隆重，老师们都很紧张，似乎是有什么领导来观看。

那天暴晒，巨热。我记得我们一帮小孩穿着花里胡哨的演出服在烈日炎炎的台侧候场，我还记得一个女老师为我抹红脸蛋，她先用手指蘸了点红颜料抹我脸上，然后在手心啐口唾沫也抹我脸上了。我现在似乎还能闻见那唾沫的腥味，当时我想到的是男孩抹红脸蛋很难看，再有就是明白了他人的唾沫是这么难闻。

如今，狗子也有了孩子，从幼儿园到小学，类似什么文艺演出一类的集体活动他总是鼓动小狗子别掺和，能拆台就拆台，甚至不惜多次对他说："傻×才上台表演呢。"

狗子还记得当时计委大院里汇聚着各种声音，有锅碗瓢盆炒菜声，有夫妻吵架孩子哭闹声，还有各种乐器声（那时正规教育瘫痪，几乎每家孩子都被逼学一门乐器），最常见的是手风琴、笛子、琵琶、小提琴、黑管、小号、扬琴、快板……

狗子和他姐都被父亲逼着练大字，他姐练隶书，他练柳公权颜真卿，他姐练得比狗子好，写的隶书条幅"不积跬步无以至千里"被狗子父亲裱在玻璃框里挂到了墙上。

狗子记得，一位叔叔串门时递给他父亲一本用报纸包着皮的书,被他父亲飞快地塞进公文包。趁他父亲不在,狗子翻开包,那本书叫《色情间谍》,讲克格勃女特务的,内部资料,那时他八九岁,飞快翻了翻,也没翻出什么"色情"。

狗子在中古小学上的学,因作文出奇的好,他代表学校拿过一次西城区部分学区作文比赛一等奖,还在颁奖大会上发了言,写《算得快》的刘厚一亲自给他发的奖。

02　四中的调皮学生

北岛和狗子都是北京四中的毕业生。北岛编过一本《暴风雨的记忆：1965—1970年的北京四中》，他在《北京四中》一文中写道：

> 1965年暑假收到录取通知，我终于考上了北京四中。四中是北京乃至全国最好的中学之一，对我来说就像天堂那么遥远。小学考初中先填志愿：第一：四中，第二：十三中，第三：四十中。这基本是我们那一带成绩中上的男生的共同模式。通考时，我因未识破语文考卷中"极积"这一词序颠倒的陷阱，在去天堂的半路拐了个弯，进了十三中。

1978年，狗子以北京小升初第一名（并列）的成绩，考入北京四中。像狗子这么一个高才生的料，本来可以在这个让人仰慕的学校里茁壮成长。但不知道狗子受哪根神经驱使，在四中开始了颓废生涯。

狗子初二学会了抽烟，高三学会了喝酒。在《一个啤酒主义者的独白》中，狗子记忆犹新：

> 那天我们在三里河的河南饭庄一楼，是个下午，5月28日，1984年。我喝了两升，那种塑料升，喝第二升时就有点困难，勉强喝完了，浑身难受，那时我还不会抠嗓子眼，但身体的本能就是想上厕所，我跑到饭庄东侧邮局旁边的公共厕所，很惬意地拉了泡屎，难受也随着那泡屎被拉出去了。出了厕所，我感觉基本没事了。
>
> 之后是去玉渊潭游泳还是到月坛北街弹吉他唱歌，我就忘了。或许是先游泳后唱歌。

对此，我有点惊讶。狗子和我说，四中当时有比他还淘气的坏孩子，他毕竟没有走入痞子生活，也和那些人没玩到一块。而且，狗子的学习一点没耽误。

丰台少年宫美术小组有位叫丁荣的女老师，后来调到

狗子的装置作品《比特币》

北京四中做班主任，她原是著名画家赵志田的夫人，后来离了婚，孩子也因意外事件离开了。她便一门心思扑在教学上，把班主任工作做到了极致，整天和学生在一起，校外家访，为学生创造各种成才的机会。丁荣后来成了北京市劳动模范。

我后来见到丁荣时，曾询问对狗子的印象，她似乎对聊狗子不感兴趣。可见，狗子不是她喜欢的类型。狗子说，那时，有调皮的学生在教室门框上放扫帚，丁荣开门时被砸在头上。

狗子那时在四中参加了北京学生通讯社，为《北京青年报》写通讯稿。当时有个叫王瑶的女学生，拍了一张《新校服》的摄影作品，在报刊上发表，红极一时。日后，王瑶成了中国摄影家协会主席，名气更大了。我曾把他俩攒在一起吃了个饭，狗子对王瑶说："那时我都是仰望着你的。"

狗子有一次起草并和另一名同学轮流用左手匿名写了份小字报，贴在学校门口，内容是说"进了四中，如同进了监狱"。事情引起了北京市教委的关注。

狗子为办杂志，经常和八中的学生来往，被八中老师举报到四中。狗子因抽烟、旷课，受了处分。

狗子那会儿和家附近的 44 中来往频繁，有一个叫李泉的哥们，跟他最聊得来。李泉也喜欢文学，酷爱探讨人生。狗子记得有一次：

> 我们聊着聊着没酒也没菜了，那就干聊。那年头经常干聊，就着酒菜简直太奢侈了，大家根本没那个愿望，不像现在，没了酒菜都说不出话来，以至有时完全颠倒只是为了喝酒吃菜，聊？没的聊啦！这时李泉说去上趟厕所。没多大功夫，他气喘吁吁回来了，满头是汗，没容大伙发问，他从怀里掏出 5 块钱！于是又要了酒和菜，于是我就是再难受也要把那第二升啤酒喝完，于是此后李泉成了我们的好哥们。

1984 年，狗子参加国庆三十五周年游行队伍训练，他是哑铃队的队员，但他因走道一步三晃，差点被开除队列。那次游行最著名的是北京大学学生自发打出的"小平你好"标语。

03　文学的天地

作为笔名的"狗子",其实是小学同学给起的外号。据狗子自己讲,因为"贾"做商人解释时发"古"音,古与狗音很接近。但张弛认为狗子的小学同学包括狗子在内没有这么大学问,起个外号居然拐这么多道弯。狗子之所以叫狗子,肯定还有别的原因。但狗子争辩说,他们好些同学的外号都跟动物有关,如老猫、大蛇之类。狗子也曾说过自己这个笔名,一是为了表达对那些称为狗子的混混儿们的尊重,二是厌恶流行笔名中的那种"文雅"。

80年代初,狗子和逢六、大包等发小还在上中学,某天在一个发小家看到了一本油印杂志——《今天》。其实,芒克也是计委大院的,但狗子一直不认识,和《今天》失之交臂。

那时,狗子和逢六、大包办起了一本跨校文学刊物——《蔚蓝花》，内容多涉及早恋、抽烟、攻击老师家长等。因为天性以及运气的原因，正处于青春叛逆期的他们，没能加入流氓团伙，就这么投身文学了。

当年，类似的中学生"地下"文学刊物不止《蔚蓝花》，还有黄燎原、严文办的《我们》；杨葵、唐大年、苗炜等办的《何满子》。后来，作家肖复兴还写过一篇报告文学专门探讨中学生"地下文学"，里面提到了《蔚蓝花》。

狗子还记得，为印杂志，他经常偷四中教研室里印卷子的纸。他把《蔚蓝花》传给八中的老狼，那时老狼还叫王阳。老狼的母亲看到杂志，如临大敌，以为孩子加入了反动组织，要到公安局举报。

1985年，狗子中学毕业，《蔚蓝花》停办。狗子考上了广播学院，逢六去了复旦数学系，大包上了化工学院分院。大包没上俩月，因为失恋及多门功课不及格，毅然退学并离家出走，最后落脚在江西樟树市某山村，按他离家出走时给他爹信里的话，"去大森林里寻那个童话般的文学梦"（大意）。

大学期间，狗子和黄燎原、严文一起办了两本刊物，各出了一期，一本叫《群》，一本叫《闲散的神话》。

1989年，狗子从北京广播学院新闻系毕业。通过父亲的关系，分配到中央电视台。为此，差点挤掉了白岩松在台里的名额。但因为狗子身上背着处分，有同学举报，被电视台退了回来。

狗子通过发小黄燎原去了新华社下面的《桥》杂志（黄燎原是新华社子弟）。说句题外话，我那时也报考过《桥》杂志。狗子在那里认识了张弛、大仙、李大卫等人，参与《边缘》杂志。

90年代初，狗子、逢六、大包几个计委大院子弟一同创办了《放弃》，后来丁天、徐星加入。其实，徐星算不得"加入"，只是好多次商量《放弃》事宜是在徐星家。那时，徐星早已名满天下，他为狗子他们提供场地，出主意，兼请他们吃饭喝酒，算是为这些后辈撑腰打气。狗子在《回忆〈放弃〉》一文中写道：

> 那天在徐星家，丁天把手提袋里他的小说集分发给大家。那之后，我、逢六、丁天多次在徐星家聚，聚的由头大概是商量如何把《放弃》办好。印象中，徐星对我们自办刊物的举动很支持，说要投稿，但最终也没投。我们一般都是下午三四点去徐星家，这样聊一会，就到饭点了。聊的内容大多忘了，只记得那

时徐星正在写一部长篇，名字叫《剩下的都属于你》。徐星拿出他打印的部分章节给我们看，那时还是喷墨打印，打印纸是连在一起的。记得书里徐星写了一个叫丹尼尔的老外，徐星说就是"蛋扭"的谐音。还记得徐星说他70年代初开始写作，那会儿在和平门全聚德烤鸭店扫院子，每天兜里揣着一瓶二锅头和一个酱猪舌头，时不时喝一口吃一口，一天到晚都是晕晕乎乎的。

《放弃》当年没什么反响，狗子和丁天以文会友必拎着几本《放弃》。有一天，他们去社科院"生扑""新生代女作家"徐坤，徐坤不在，他和丁天坐在她的办公室苦等半天，走的时候在楼道里发现玻璃陈列柜的门可以打开，便把随身带的《放弃》有模有样依次盖在了郭鲁茅巴等现代文学大师的书上。

《放弃》出完第三期就停了，狗子觉得：

> 《放弃》并没有鲜明的文学追求或立场，非说有的话，至少在我这儿就一条，灭掉官方杂志上的小说。但其实我及我们并非与官方对立，我们一直没间断投

稿，稿费以及在所谓正规杂志上发表一直是我们追求的目标，只是，这绝非唯一目标。想来，那时我已在《人民文学》发了个短篇，那算处女作了，但对我而言那是昙花一现，我再发表小说，又过了五六年吧，其间投稿都被退了。

那时候，狗子经常四下巴结文学明星，特别是女的。有一次，狗子和李大卫在一个小饭馆喝酒，喝到夜里1点，一时兴起，便给陈染打电话。狗子没见过陈染，只知道她长得还算漂亮。打通之后陈染问哪位，狗子语塞，瞟了一眼仍在喝着的李大卫，便说是李大卫。

陈染倒很客气，还在电话里跟"李大卫"聊了一小会儿，"李大卫"便盛情邀请陈染出来坐坐，还说了几位北京青年作家的名字，说都在，陈染婉拒，"李大卫"倒也懂事，说是啊，太晚了，改天吧，好好休息保重身体为写东西犯不着那么累……陈染迷惑地问：你是李大卫吗？狗子又语塞，什么都没说就把电话挂了。

1991年，狗子再次进入中央电视台，但他并不喜欢这个让人垂涎的位置。1993年，狗子冒着父亲暴怒的危险，毅然决然辞了中央电视台。

1996年春天,狗子去了珠海,挂靠在珠海特区音像出版社,负责卡拉OK的拍摄和制作,那是他唯一一次下海挣钱。他去大学找漂亮女孩,从街的一头拍到另一头,拿丝巾挥挥。最省事儿的是去海鲜饭馆拍鱼缸,拍两小时,差不多够一张LD。制作一张LD能挣一万,朋友七千,他分三千。拍了一年,他觉得没意思,怀揣五六千元,回到北京,去《中国企业报》当了编辑。

04　差点断送《手稿》

狗子在《我与手稿》中回忆,由高峰枫介绍,他开始参加在严勇(严文的哥哥)家每周一次的沙龙活动。开始接触《手稿》,应该是1995年夏天。

> 每次讨论会我都是边喝边听,喝多了插话。现在想来,这样的讨论会应该是长知识、动脑筋兼锻炼口才的机会,一喝酒,基本就成一场儿戏了。或许我那时对许多严肃问题的疑惑并不强烈,甚至对"严肃"还有些不以为然。

狗子说:"我的生活敞开了一扇门——文学之门,从这扇门进去,又不断有门在开启。"严勇小时候是计委大院的青少年楷模,曾获得全国数学比赛的亚军。艾丹说跟严勇聊天容易紧张，聊什么先不说，但在聊天过程中能听到严勇脑瓜子里咔叭咔叭一通乱响，仿佛一架机器在高速运转。

1997年，狗子在《音乐生活报》当"读书随笔"编辑，因约骆驼稿子，他们经常聚会。骆驼与艾丹是中学同学，可以说狗子跟《手稿》这帮朋友真正熟起来就是从这一刻开始的，开始认识艾丹、张松、石涛、张爽等人。

《手稿》这个圈子和后小组、西局的风格相差很远，他们似乎有着严格的组织纪律和编辑程序。谁加入这个圈子，都要由"原始发起人"（骆驼、严勇、张松、艾丹、石涛）表决。每期杂志主编由"原始发起人"轮流坐庄，并确定顺序，刊发的稿件以圈子成员为主，圈外稿件要经大家投票同意。主编对入选稿件的决定票数高于其他主要人员票数。

其实，狗子对这些规矩也整不明白，和他的生活习气也有差距。但狗子的诚恳内敛博得了《手稿》的青睐，因此很快就成为《手稿》第二层主编队伍，还算外围。

此时，狗子又认识了阿坚，与多年不联系的张弛也恢复了联系，而且过从甚密。相对于阿坚、张弛，狗子和《手稿》包括也能喝大酒的艾丹，并没有发展成一块堆儿过日子的状态。按狗子的话说，一个次要原因是地域上的，狗子、阿坚、张弛住西边,骆驼、艾丹住东边;至于主要原因,说起来复杂,有点像佛教说的因缘际会之类的。其实,我觉得狗子和张弛、阿坚在一起,可能更放松……

狗子说他能记住的与《手稿》交往的情景大都是在喝酒之前以及酒局的前半段。据说有一次,狗子在酒桌上竟把艾丹的手当烟灰缸了,烫得艾丹的手心都起了泡。狗子回忆:

> 还有一次是 04 或 05 年吧,我在艾丹食堂,先在大厅里喝到半高,不知怎么又坐到了在包间里正在玩牌的艾丹身边,只见每人手边一小叠百元大钞,用烟盒或打火机压住,每把结束,这些红色的百元大钞便在我眼前飞来飞去,我禁不住见钱眼开,忘了发了通什么感慨,致使艾丹塞给了我二百块钱。我忘了是否有过推辞的表示,如果有也是略做推辞然后飞速收下然后强充镇定岔开话题好像什么都没发生一般……

面对《手稿》,狗子认为:我们这帮人不能天天喝酒,总要弄点"正事";现在文学环境没人把持了,但起码可以因为办《手稿》多喝几回酒,弄本自己的书还是挺好挺温

狗子和崔健、竖、罗蛋塔、杨黎、阿美、尹丽川等人在李晏的酒吧

暖的，但也就是这样。

艾丹有一年对《手稿》成员提出问题，其中有一条：对以下十人作一句话的描述或评价（包括自己）：宁中、亚旗、艾丹、张松、张爽、郭葳、石涛、白广、王捷、王溥。狗子回答：

宁中：有钱，正派，和蔼可亲。

亚旗：钱一般，善良但会脆弱，似乎离不开朋友，够仗义。

艾丹：不知丫一天到晚脑子里都在琢磨些什么。

张松：民间哲学家，对人生有独到思考，勇于实践，但不知是否善于实践，做的乱七八糟的玩意太多太怪了。

张爽：多才多艺，善解人意，漂亮。

郭葳：行踪不定，衣着合体，目光游移。

石涛：聪明浪漫有眼光有品位有格调。

白广：永远站在时代的风口浪尖。

王捷：会下围棋，好像道挺深的。

王礴：勤快，似乎过得热火朝天。

缪哲：有学问，活的状态我喜欢。

老门：名字起的不好，一老门子官司。

狗子：挺能混的。

可以说狗子是一个热衷于办文学杂志的人，而且是一位非常认真的文字编辑。但他说自己对《手稿》的认真程度只有70%。

2012年，轮到狗子做《手稿》主编时，还是较劲了一把。起因是他的前任主编在处理张爽的一篇有关戏剧的稿子时，纠结了好长时间，因为此稿牵扯到各种人际关系，编委会出于种种考虑，有不同意见，一直搁置。狗子以主持正义为己任，想在自己手里搞定此事，一心要发表这篇作品。但大家还是争执不下，投票结果无法平衡，弄得朋友们也要四分五裂似的。狗子于是退出主编位子，《手稿》也差点终结。

05 偶像鲁迅

鲁迅喜欢骂人,而且经常骂别人是"狗"。如骂梁实秋是"资本家的乏走狗"。关于鲁迅为什么总喜欢骂别人是狗,他在《论语一年——借此又谈萧伯纳》一文中给出了答案:现在指人是狗,变成摩登了,也算是一句恶骂。意思是说,在鲁迅看来,骂人是狗是最高程度的侮辱,只有这样骂,才能解恨,心里才会痛快。

但狗子好像不在乎这些名声,他要做鲁迅的门下走狗。鲁迅很早就成了狗子的精神支柱,他在《一个啤酒主义者的独白》中写道:

> 小哥们有时管我叫"狗老师",我跟他们喝酒的前半段,也时常有些鲁迅的感觉,针砭时事,贩卖虚无,时不时面无表情地蹦出一两句幽默,或一副心不在焉

出离愤怒的样子柔声吐出几句狠话……整个气氛严肃活泼,融融师生情……

当我喝完四五瓶,走完两趟肾,鲁迅就消失了,仿佛被我撒尿撒掉了。

狗子在《活去吧》一书中将自己喜欢鲁迅的思想做了剖析:

> 我经常听到我的同龄人抱怨没有好看的书可读,但我很少向他们推荐鲁迅,原因之一是我认为他们中学时代读鲁迅读伤了,原因之二是我认为他们现在读了也是白读,他们的智力尚停留在中学时代或者还有所倒退。
>
> 不是什么人都可以从鲁迅那儿吸取营养的,鲁迅注定是为一小部分斗士准备的精神食粮,就像金庸注定是为大部分平庸的胆小鬼准备的白日梦。
>
> 我是这一小部分斗士之一吗?我不敢肯定,但我多么希望我是。在喜爱或者受益于鲁迅的人中,不知有多少叶公好龙式的人物,精神食粮是吃饱了,但最终看的还是你都干了些什么事。

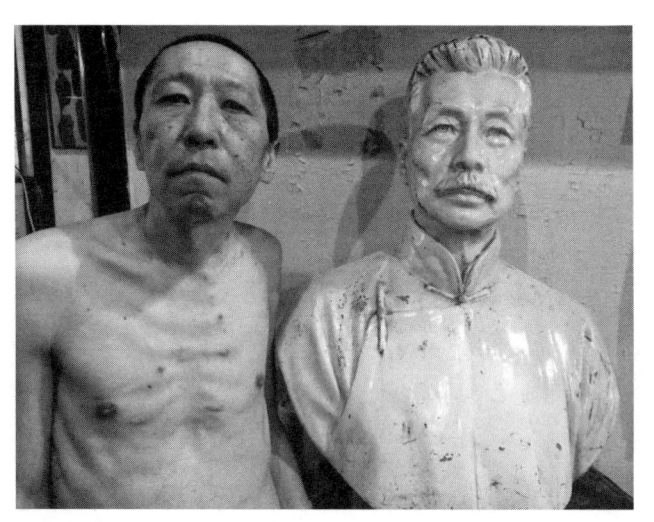

狗子和鲁迅石膏像

狗子在小说《迷途》中，有一章《遥想鲁迅当年》：

在金华，通常我在这个"巡航"状态下要么去饭馆旁边的杂货店边喝啤酒边往北京打电话，要么去蓝堡接着喝。我记得似乎阿Q就是在这种状态下调戏吴妈的，我不知道鲁迅在这种状态下都干过些什么，但我想依他的性格肯定是不会闲着的。我猜他得罪的诸多朋友里大概就有不少是他酒后所为。我忘了是哪本书里写的了，说他跟林语堂翻脸就是在酒局上，而且是说翻就翻，拍桌子瞪眼睛之类，在座的有的吓了一跳，更多的人是莫名其妙，因为当时林语堂没说什么得罪鲁迅的话，他正在谈天说地谈笑风生信口开河地胡呲呢，并且那之前林语堂跟鲁迅的关系谈不上亲密但也算不错。据说林语堂是出了名的谦谦君子，脾气好，文章也好，气节也说得过去。也就是说，在当年的文人圈子里，得罪林语堂无异于鸡蛋里挑骨头，而事实上林语堂一辈子也没跟人翻过脸，除了鲁迅也再没有第二位跟他翻脸，但那天鲁迅却突然起身并拍了桌子，弄得杯盘乱颤，刚才的欢乐气氛一扫而空，酒局被紧张和尴尬的气氛笼罩，最终还是郁达夫说了几句打圆场的话，老鲁才没掀桌子，但坐下后始终一言不发，搞得那天的酒局草草收场。据说那天在座的无一同情鲁迅，很多人也拿这个事来证明鲁迅的"脾气坏"和"乖戾"等。

据史料分析，鲁迅的拍桌子是有缘由的：第一是自新文化运动以来，以胡适为代表的留英留美派与以鲁迅为代表的留日派一直势不两立，而林语堂恰恰是留英的；第二是老鲁自跟他弟掰了以后，对他弟所鼓吹的"清新的小品文"嗤之以鼻，而林语堂恰恰是小品文方面的高手，其"清新"比周作人更是有过之而无不及。总之，老鲁对林语堂早看不惯了。

这个分析不能说没有道理，但我猜最直接的原因八成是那天鲁迅多吃了两碗老酒。前面说了，这种酒的酒劲突如其来无一点先兆，即一秒钟之前此人还像模像样若无其事，酒劲一来，此人要么人事不知，要么胡说八道喜怒哀乐顿时无常。我猜他们那天喝的就是这类酒。我再猜可能那天林语堂的幽默风趣妙语连珠抢了鲁迅的风头，害得他只能当"看客"，他平生又是最恨看客的，于是便不免多喝了几杯闷酒。

狗子的第一个女友潘燕，有个闺蜜，嫁给了上海的画家汤光明。汤光明每年到北京老丈人家过春节，通过潘燕认识了狗子。

1996年，因为汤光明长得像鲁迅，狗子和他一起拍了个小电影《鲁迅在北京》。后来在拍摄过程中，狗子可能觉得自己精神上更像鲁迅，便迫不及待地扮起了鲁迅，导致汤光明扮的鲁迅上了树，又站到三层楼的外窗台上做出欲跳的样子，搞得莫名其妙。此后，狗子就落下了好演鲁迅的病根。

近年，狗子在"啤酒花艺术节"上多次演出有关鲁迅的话剧小品。还在陕西演出《鲁迅空谈》：许广平要去游行，鲁迅说别去，我要洗脚！（鲁迅日记中有108处"濯足"，有解是性交。）曹寇在一旁说："大保健。"

2018年，在青岛，狗子演出过《鲁迅为什么不来青岛》。

有关鲁迅，狗子、张弛、阿坚经常一起闲聊，张弛还以鲁迅最后一年的经历，写过电影剧本《大先生》，有意让狗子出演，但没拍成。

06　和太宰治"对饮"

除了鲁迅，狗子还有一个精神支柱——太宰治。

巧的是，太宰治1943年写的纪实作品《惜别》，比较客观地记录了周树人（那时还不叫鲁迅）作为留学生在仙台的学习生活，他像一个冷静又不失温和的观察者，披露了一些真实的鲁迅，难免有一点俯视的倾向。鲁迅若知在他死后有人专门写了这一段经历，会不会骂人呢？

我是通过狗子才第一次知道太宰治的。尽管受其影响，看了一些他的书，但一直没有引起我的兴趣。

狗子最早读的太宰治的书是《斜阳》，正是那一道斜阳，一下照进了狗子的内心。后又读了《维荣之妻》《人间失格》等，狗子就像在低处看见一种高级的虽混乱败坏却有文化味道的生活。太宰治惆怅缠绵、萎靡沦落、怜恨自己的情调，像一种贵族外化的思想或文艺的游戏，吸引着狗子。太宰治的"生而为人，我很抱歉""家庭幸福是万恶之源"等理念，正中狗子下怀。

狗子和太宰治有一种神交，都拒绝虚构。狗子的《一个啤酒主义者的独白》《迷途》两部长篇，就是写自己的经历，太宰治的长篇也基本如此。当然，太宰治的《斜阳》用日记、遗书穿插其间显得更有结构艺术，而狗子小说的不少片段几乎就是日记。

2018年是太宰治的樱桃忌，在张弛的策划下，狗子、老狼、唐大年，一同到日本寻访太宰治的足迹，算是圆了狗子的一个夙愿。狗子在太宰治喝过的酒吧喝酒，在太宰治读书的地方穿上太宰治的衣服，在太宰治住过的小城过夜，在太宰治长眠的墓地伫思，在太宰治最终跳河的地方——没跳。

回来后，狗子写了《太宰治的最后三天》，把太宰治生平和自己的寻访结合在一起：

> 我们沿着玉川上水岸边的"风之散步道"走了很远，但奇怪的是没有找到旅行图上标记的太宰治和山崎富荣的入水处"鹿石"，那是一块从太宰治老家青森县移过来的石头。

狗子、老狼、唐大年在《三味线》首映仪式

于是我们坐在夕阳下的玉川上水岸边喝酒,我念了几段《斜阳》,也不知算不算纪念。当年在三鹰,太宰治管静子要她的日记,说一定要为没落贵族写一篇伟大的小说,静子顿时脑子里一片空白,她感到太宰治并不爱她。但就在那天晚上,二人酒后在玉川上水,太宰治用和服包着她,激烈地接了吻。

我们在水边坐到天黑,对着摄像机我絮絮叨叨回顾了太宰治的一生,还有太田静子,还有山崎富荣……

当你盯着一个人看久了,你会不认识他,我对太宰治经常就处在这样的状态中。我们不可能拥有关于一个人的全息资料,即便是重要史料的缺失也不应苛求,比如太宰治的遗书,是写在废报纸上的九段话,依照遗属,只公布了2、3、6、9,另外那5段,我既好奇,又不想知道。就这样吧,一切到此为止。

真实的太宰治谁也不知道,除了天,我希望如此。

对太宰治,阿坚和狗子是志同道合的战友。阿坚在《向太宰治学而时习之的中国作家狗子》中,对狗子的太宰治情结做了剖析:

太宰治和狗子的书，有相当固定的读者群，如果说太宰治是"无赖派"教主，那么狗子就算"啤酒教"班主，他俩的书自然就成了"经"，虽然他俩本没想着写什么"经"。

性事，好玩，有快感，这种认识是浅显表面的。在太宰治和狗子的述说中，我们看到性对失落、沮丧的人，有一种麻醉的作用，像是服了安眠药，可以小憩一下，即俗话说的"心里越苦越要操，不操哪能睡着觉"。太宰治与狗子写性，当然不是毛片儿，他俩写的是慢吞吞地找药、服药、等着药劲上来。当然比心里活动更有质感、更有骚味。

太宰治五次自杀（虽然有两次药量不够，那也是下了决心的，所以我从不指责自杀未遂的人），狗子多次酗酒受伤（脑震荡、掉下巴、裂眉处、脑缝针、摔花鼻子），他俩的小说也有大量的不健康甚至自残般的叙述。为什么这么追求颓废呢？如果没有一种精神动力或一种精神召唤，干嘛要死气白赖地作践自己呢？于是，我觉有一种人，颓废是为了精神。

太宰治谈自己是丧失为人资格的，狗子称自己是一个寄生虫。他们虽都消沉萎靡，甚至自毁自辱，但却传达出对伪善的睥睨,对真理的问询,对绝望的幽默,可称其颓废而精神。

说一句题外话,太宰治和狗子的女人缘都好,而且三十岁留着长发、高鼻梁、眼含忧郁的狗子绝不是面貌像自杀过四回的样子,在形象上也不落太宰治。重要的是,狗子的小说比太宰治的要单纯朴素,而太宰治的就显得虚矫、耍小聪明甚至凌人。

狗子最近对我说,他是在大学时期开始喜欢太宰治的。太宰治软弱、自我暴露,但又充满战斗精神,这些东西深深打动了他。

狗子说:"太宰治就是把弱发展到极致,反而变成了一种极强。对于颓废来说,基本上就是弱,到最后就变成一摊烂泥,瘫了;而太宰治,就是这种文学上的颓废主义,他们实际上是退到最后,反而变成一种特别刚强的东西,跟颓废主义字面正好相反,是一种充满战斗精神的东西。"

在唐大年导演的纪录片《三味线》中,我看到了狗子,他在片中与太宰治隔空对话:"我们就差喝上一杯了!"

07　《一个啤酒主义者的独白》

2002年,王朔和叶大鹰、姜文还有另外两个朋友,在三里屯开了一个酒吧,叫非话廊。几位股东里,王朔去的最多,老能见着,所以大家就一直管"非话廊酒吧"叫"王老师的酒吧"或"老王酒吧"。王朔听了,说啰唆,直接叫"王吧"不就得了,后来就叫开了。

马东讲,王朔那些年喜欢天天在那待着,文艺青年、作家、画家、搞影视的都喜欢往那儿跑。这样玩了几年,钱没赚着,倒是交了很多朋友。

"王吧"的装修是未未设计的,线条利索。"王吧"分两层,王朔一般在上层会各路亲友,往飞了聊,他管"王吧"的上层叫上层建筑,其他人在下层喝大酒,结账也在下层,徐静蕾管"王吧"的下层叫经济基础。

有一年,狗子去"王吧"喝酒,那天他和王朔都穿着皮夹克，但狗子那件应该是人造革的。酒大后狗子先走，不知有意还是无意穿了王朔的皮夹克，正打车要走，徐静蕾追了出来，喊司机：师傅，停下，穿错了！后来，狗子终于还是没有继承王朔的衣钵。

其实，王朔在这里还是给接班人狗子、石康、丁天、春树派发了革命大旗。王朔曾对记者夸奖狗子："他的写作很生动，非常真实，描写了他们这一代人的生活和他们的内心。"

2009年春节前的一个夜晚，狗子一个电话，把我从睡梦中叫醒，说到我家楼下喝点，这时都快12点了。在酒桌上，他把《一个啤酒主义者的独白》给了我，还狗模狗样地为我签名。

狗子这部小说，早在出版之前就已闻名于世。书稿在坊间传阅多时，转了几个出版社。当时，王朔文风的风头已过，因此，这部小说并没有想象中的大卖，狗子只弄了个徒有虚名。

我为狗子写了书评《啤酒的脾气》：

> 狗子确实是一个酒徒，看他喝那么多酒，才写出这么点文字，更觉得他下笔的金贵与时间的矜持。其

实一个人一生能写多少有用的文字呀,喝高容易,写高了呢?还是少点吧。

狗子小说中有一段给我留下了很深的印象,是写他当年从中央电视台下乡社教时的情景:

> 我跟小海在村子里以醉汉的姿态晃着肩膀乱窜,我们就那么满心欢喜地晃着、喝着,在村子里肆无忌惮地乱转——看清楚了,我可不是小海,你们可以欺负小海,但你们不能欺负与小海的行为举止一模一样的我!难受了吧?傻×了吧?躲着我了吧。

这样清亮的句式,有着任何清亮的诗句都达不到的力量,却像诗一样给我鼓舞。在我印象中,还没有人用诗意来评论狗子的小说。我在书评中还引用了美国人艾温·辛格在《我们的迷惘》一书中的话:

> 对于有些人来说,如果让他们有机会获得幸福,条件是只要他顺从他认为在道德上不能容忍的环境,那他很可能会放弃这种幸福,选择并不舒服的对抗姿

态……如果我们忠实于我们的多元主义,我们就不能认定这些人一定做出了错误的抉择。尽管我们的理想根植于人类的天性,但它们并不要求无条件地归顺。摒弃这些理想的人们,总是可以自由地选择自己的命运。一个好的社会,将容忍所有的生活方式,容忍来自某些异端分子的偏离和分歧,只要其他人能够受到尊重。

狗子这部书成就了他在啤酒主义旗帜下的霸主地位,也是他开创纪实文学写作风格的投名状,更是他坚守啤酒主义的宣言:

> 那时大酒之后我还会懊悔,还会因为自己的上窜下跳及出格言行而没脸见人,现在这样的酒后懊悔和羞愧已大大减轻,主要是这样的酒后失态太多了,过多的失态也便成了常态之一种。总之,这十年来我大酒之后的羞愧感是逐渐淡化乃至如今几乎丧失了,应该不会渐渐生出一种荣誉感吧?还真保不齐——如果我们把能喝能闹当作一种能力强的表现,如果我们都接受酒后之人天然拥有道德豁免权的话。

狗子在北京

酒依然在喝。跟十年前比，我现在的酒量似乎不退反增，而且连续作战的能力非常强，这说明我比十年前更适应了酒精带来的伤害，我不认为这是什么好事。抛开健康因素不谈，我觉得对酒精的这种适应乃至麻木，与对平庸生活的适应和麻木本质上是一回事。十年来，我一直千方百计躲避以及拒绝所谓"平庸"的生活，于是一手拿笔，一手端起酒杯，我以为这二者给我带来的激情是抗拒"平庸"的利器，加上天上掉馅饼般降临的爱情，我以为这就是我要过的战斗。

许多人当时都评价了此书：

韩东："这是我迄今读到的中国当代最好的小说。"

丁天："狗子的文字我以为是真幽默，漫不经心，却透入骨髓，让人想学却学不来。"

陈晓明："他们的作品中始终流淌着一种激动不安的情绪，潜伏着那种既破坏某种生活状况，又打碎文本稳定性的张力。特别是狗子的作品，力量感和内在性显得更加充实。"

艾丹："狗子的特点是不合作的态度，是怀疑，是厌恶,是蔑视……他善于运用朴素的口语,他说的是人话、酒话和鬼话。"

石康:"狗子的文笔十分愤怒,对很多事情看不惯,对自己也不满意,有时有点不知所云,有时还稍显油滑,但总体来说,十分独特,很有性格,十分真诚,没有假话。"

《一个啤酒主义者的独白》出版后,狗子成了著名作家。为了应付父亲,狗子和张弛通过艾丹介绍,加入了中国作协。狗子因为名字不被作协认可,只好以贾新栩为名申请,为此还拖了一年批准。狗子把作协证拿给父亲看,他父亲并没有表现出喜悦,只淡淡地说了句"不是假的吧"。有一次,狗子和张弛参加中国作协新春团拜会,狗子刚想吃桌上的大虾,就被同桌的一个老作家转走了。张弛见狗子生气,便拉着狗子走了,俩人把作协送的纪念品存在火车站,就上天津玩去了。

今天,我为写这篇狗子传记,重读了他的成名作《一个啤酒主义者的独白》,我发现,让我感动的不再是昔日那些有关喝酒论英雄的章节,而是有关爱情的部分,我甚至读出了一种凄凉和绝望。是不是我们老了,内心变得脆弱了。

倒还真有人称我为"当代济公",我媳妇她妈就这么说。

我住的是两室一厅,此刻半夜,我媳妇李琴在另一间屋酣睡。我们没结婚,在北京,很多人管女朋友就叫媳妇儿。

我们过着准夫妻的生活,也叫同居。

对于正在与我相处的女人,一是离得太近,不容易写好,二是我也提不起情绪。

作为一个女人,如果不想变为我的写作素材,那就缠着我,永远别离开我,永远在我眼前晃来晃去让我一拿起笔来想起她就头疼,那么她就安全了。

狗嘴里吐不出象牙,狗子笔下也写不出什么好女人。

四天的郊游已使我们之间非常熟悉。当我们在山水间步行时,我们六个经常走着走着便成了现在的队形,大概这是最合理的搭配吧。

我跟楚洁并肩而行是愉快的。我时常拎着一瓶啤酒，包里再背上几瓶，我边走边喝，边喝边与楚洁聊天。我背包里的啤酒一瓶一瓶地减少，它们在我的身体里循环一圈，然后被我每隔三五里洒落在那些山间水畔。现在想来我那时候的身体是真他妈的好。

当我在路边走肾的时候，楚洁便装作若无其事慢悠悠地在前面溜达，我走完肾赶上她继续前行。我向她解释酒精的利尿功能而并非我有什么病。她把这当医学知识接受下来。为此我们总是与大部队越落越远，盛立国、刘明他们经常要在前方坐下来等我们。

他们开玩笑说，谈恋爱呐？这么慢！

后来，狗子的口味由冰啤酒变成温啤酒，如今又变成进口啤酒，胃口也变得越来越脆弱。张弛在和左梨的对话《西局的绝望在何处终结》中，谈到了狗子的状态：

狗子最好的状态，就是他很多年前曾经写过的，他双手插在兜里，站在风中听着 walkman，任凭风把他吹到任何一个方向（沉默，仿佛回到过去）。不过，现在狗子也能给人带来惊喜，比如吃饭的时候，他会突然从双肩背里掏出几罐啤酒，有冰镇的有常温的，而且都是麒麟鲜榨什么的,狗子说便宜啤酒没法喝。

张弛最近在《狗子的正事儿》中挖苦狗子:

可以这么说,过去我了解狗子是通过他的文字,以及在酒桌上的表现。现在狗子喝酒已经比以前退步很大,经常是突然间就不行了。上个月在人民大学搞完活动吃饭,大概也就是九十点钟,狗子跑到我们桌,说是要跟我双打一圈,结果刚跟我干了一杯就不省人事。在往常,这个钟点儿他还没开始兴奋呢。

08　《迷途》

狗子出版《一个啤酒主义者的独白》后，大家就翘首企盼 2 了，但狗子迟迟没有动静。

2012 年，狗子拿出了《迷途：一个啤酒主义者的独白 2》。期待太久，就会若有所失。果不其然，此书远没有 1 获得的好评如潮。

当我从狗子手中接过《迷途》并随手翻阅的时候，狗子就坐在我对面喝着啤酒。书里的狗子总是三心二意地喝着啤酒，眼前的狗子有一搭没一搭地举着酒杯，这两种画面的若即若离，立刻让我怀疑：到底哪个狗子更真实？

狗子就像一直在写处女作的小说家，永远都用第一人称写自传式的小说。拒绝用第二人称写作的狗子似乎放弃了客观的视角，坚持以"自我"为中心。他说："我只会写身边的人和事，而且好像只会用第一人称的我。"

但当狗子这个"他"与"从不言他"的狗子相会时,要有多少真实的狗子可以偷偷置换?阅读总是发生瞬间的游离。写实、纪实、现实,都是一个实实在在的实吗?我们当然有权利怀疑这种文本是否具有"小说"的价值,狗子也像做贼心虚似的,事先把这本小说称为"个人生活的报告文学",并自圆其说地谶言"自己坠入到自说自话的谵妄之中"。

啤酒主义成了狗子的符号,尽管张驰对他的这个"主义"一直不以为然,而阿坚又时常提心吊胆地注视着狗子一丝一毫的变节。

所有的狗迷都读过他的那本成名作,都对他的这本新小说抱有深深的期待。如果说《独白1》是写喝酒的经历,那么《独白2》写的便是躲酒的经历,难怪狗子最初曾想把这本书命名为"一个啤酒修正主义者的独白"。《独白1》是写狗子在喝酒中历练整个身心器官的"路途",《独白2》是写狗子在躲酒中游走九个地方的"迷途"。似乎只是自然而然的一种延续和重复,因此,这本书不论在思想上还是文本上都让那些期待狗子战斗力的人,多少有些失望,有些迷茫。

狗子真像他自己说的那样老了吗?他说:"随着年龄的

增长,我越来越觉着这三者(酒精、写作、爱情)不足以给我坚强的支撑,其实我一直也没把它们作为足够坚强的支撑,我一直在怀疑,一直试图在他们身上寻找坚强,有时候似乎找到了,但最终,面对山脚下的死神,还是不行。"

面对一个在行为上放弃英雄主义,在文本上放弃浪漫主义的酒徒,卧倒也会中枪。

酒是狗子用来对抗现实社会的武器,也是用来自残生命的凶器,习以为常的喝酒生涯是他早已养成的自虐行为。狗子经常把阿坚、张弛称为"欺压"他的两座大山,并乐于这种早晚毁于他们手里的朋友关系。

列奥·施特劳斯在《迫害与写作艺术》中指出:

> 迫害产生出一种独特的写作技巧,从而产生一种独特的著述类型:只要涉及至关重要的问题,真理就毫无例外地透过字里行间呈现出来。这种著述不是写给所有读者的,其针对范围仅限于值得信赖的聪明读者。它具有私下交流的全部优点,同时免于私下交流最大的弊端:在私下交流中,唯有作者的熟人才能读到它。它又具有公共交流的全部优点,同时免于交流

最大的弊端：作者有可能被处以极刑。

狗子的小说肯定是属于小众读者的，有人称为"圈子"小说。他那种生活的纯粹私密性，多少会让人有些望而却步且难以进入。但正是这种陌生的生活经验，更加强化了狗子作为他者在一般读者心中不可替代的另类安慰的视觉形象。

喝酒的人总是沉醉于微醺的状态，同样，这本似乎被酒浸泡过的小说，字里行间也充满着散漫的醉意朦胧。那些期待把酒当成显影液一样的读者，不但不会从中得到清晰的影像，还会得到虚无的印象。也许，虚无的印象才是狗子本能的意愿与初衷吧。正如他所言："关键是喝起酒来，我变得和他们一样虚无，在酒后，我们的世界观是一致的。"

《迷途》的书名，让我想起杰克·凯鲁亚克的《在路上》。颓废、逃避、自我标榜、东拉西扯的叙述，构成了他们共同的元素。你的道路在什么地方？怎么走？是他们共同的追问。"去异地，寻别样的生活"，在路上，没有尽头，甚至狗子已经面临穷途末路。

在一个极度追逐时尚的时代，我们的注意力早已支离

荣岩画的狗子和小柳

破碎，敏感性也变得迟钝薄弱。狗子享受着"酒后之人天然拥有的道德豁免权"，拒绝寻找道德层面的价值，也拒绝阅读层面的刺激，就像他小心翼翼地躲避着文本的文学意义一样。

明眼人都可以发现在这本小说中狗子行文的一大新特色——经常在语言叙述中并置括号，把前面的话注释或颠覆一番。例如："如此情景令人泄气（这有点像跟人斗酒，对方是一个天生有酒精免疫力的家伙，怎么喝都不醉，自然这酒是没法斗的）"；"严寒从这个对手的眼前溜掉了（至于酷暑——单指北京的酷暑——阿坚大概从来就没放在过眼里）"；"说他们是疯子（鲁迅的说法叫狂人）"；"她的嗓音略沙哑（是否真的沙哑我不敢保证，但这是我对鸡的声音的某种莫名其妙的成见）"。

这种叙述的纠结与不确定性，体现出狗子犹豫与怀疑的写作态度，他时常游离于文本之外，是对小说所谓文学性的恐惧，是对情节、故事、宏大叙述、崇高意义、抒情描绘的拒绝。他总是习惯于生活在前而写作紧随其后甚至是同步追述，让自己的生活立竿见影般地得以肯定。那极为有限的语言刻画，也力争做到不动声色的释然。

我们这些非常熟知狗子的朋友，对他在这本书中选择的描述对象与场景，有着十分浓厚的兴趣，但狗子对文本设计的警觉，构成了一种不经意的秘密。

狗子在书中对死婴、疯子、妓女、瘸子、弱智等一系列边缘人群，有着明显的兴趣，就像美国女摄影家阿勃斯一样，是他对现实影像的一种暗合，是他对周围一切似乎都在"归堆儿""打包"的抵抗。如同天川饭馆被拆，"留给阿坚折腾的地盘越来越小了"一样，狗子也在啤酒瓶一样的生存空间里，无法探出头来。

在王朔之后，那些坚守真实性写作的作家们，如今已逐步拉开了距离：张弛的变形，阿坚的流水，丁天的精致，春树的剪裁，石康的矫情，曹寇的夸张，顾前的冷漠，阿乙的节制……

他们同狗子一样，不论从个人狭义的文学期望角度，还是从广义的生活经验角度，都在强化虚构与真实、诗意语言与应用功能的对立。他们迷恋日常生活原生态的散文性文本，与其说是对无法继承的模仿美学的一种反叛，不如说是对这种文学性矛盾的视而不见。拒绝"文采"与趋向真实的纠缠，构成了他们与文字搏斗的必要性。昔日作家那种驰骋于想象之中的写作，似乎是一件美妙无穷的事情，却被他们的自然写作所代替，狗子更是极致成啤酒一样的冒泡。

正如狗子所说:"写作,唯有写作,你就能一个人在角落里自己跟自己较劲。"春树也曾对狗子说过类似的话:"我们有写不尽的真实经历,何必恐惧素材的匮乏。"他们对写作的持续性有着天然的自信。

酒色不分家,狗子在书中说:"总之酒能灭色,但色灭不了酒,比如在热恋中,我往往喝得更凶而不是相反,于是就有女友问我(质问):我和酒,你选择谁?这种情况下,我会毫不犹豫地告诉她:选择你!然后一仰头把酒干掉。"

狗子自身的感情状况,故事性非凡,充满原生态的戏剧感,几乎够狗子此生写的了。对于狗子勇于实践勇于献身的精神,让人佩服,也让人羡慕。对于坚持自我真实性写作的狗子,我当然还存着一点点期待:如果那也是小说……

最近,张弛写了《狗子的正事儿》,对狗子写完《迷途》之后的状态做了评判:

> 几年前写完《迷途》,我认为狗子开始面临某种写作危机,直觉他已到了所谓的瓶颈期。后来,果然没

读到他像样的小说。殊不知狗子在这场危机中悄悄完成了转型。在西局书局公号上，人们可以读到他写的一些文章，他的文字更加到位而且老练沉稳，摆脱了之前的玩世和轻率。还有一些诸如介绍太宰治的文字，同样精准到位，透着他对这个话题的理解。这其中有他自己的人生经历，也有他所做的功课。

09　表演艺术家

狗子是明星吗？这个问题有点滑稽。近几年，狗子参演了不少电影、话剧，但都属于小众、先锋性质。据说还有许多部类似的电影等着他出演呢，而且大多是张弛的剧本。

作为小说家的狗子，其代表作《一个啤酒主义者的独白》简直就是一部写实的自传，就像他参演的电影、话剧，同样是强烈的本色演出，让人分不清戏里戏外，反正全是戏。

一个人拥有如此强大的自我意志，可见其自信心。一切都不容虚构，他拒绝"表演"，甚至化妆。

在日常生活中，认识狗子的人，都觉得他可爱。因为他常常在酒后带给人们意想不到的戏剧性"节目"，如此"表演"惯了，人们更相信狗子在不喝酒时的沉默寡言，似

乎是大幕拉开前的铺垫和衬托,甚至是富于魅力的包装。赵健雄在《狗子:一个啤酒主义者的精神历程》一文中写道:

> 啤酒乃狗子的道具,如果我们把人生看成一幕活剧的话;他还有另外一件道具是背包,我见到狗子时他就挎着这样一只背包,拿过来拎了拎,哦,还挺沉。狗子一定觉得北京的生活更沉,才选择出走这种方式。

阿坚也参演过几部电影,但他在电影中笨嘴拙舌的样子,与狗子的游刃有余引得满堂喝彩,形成了极大的反差。我相信,在这一点上,阿坚肯定至今不明白,同样是啤酒主义的朴素战士,狗子为何具有如此的表演天赋。

我几年前专门写过一篇评论狗子表演的文章《狗子的本色与丑的能指》,这应该是有关狗子表演的第一篇评论:

> 狗子没学过表演,也不是遇见了什么高明的导演,他对生活原态的移植性本色演出,似乎早就习以为常了,而他身边的人对他这个形象已形成了固定的认知与认可。狗子的自信,也是他的朋友们赋予的;或者

说，狡猾的狗子早已嗅出了人们对他期待的品位。因此，他拿捏的尺寸与火候总是恰到好处，自然到位。人们会说那就是狗子，也更乐于接受那样的狗子。

狗子在生活中有种北京人特有的矜持，说话比较笨拙，语速比较迟缓。而酒后发飘的语言，都是在此基础上的夸张与变形，夹杂着他那略带痉挛的肢体语言。随着现代电影、话剧的情节淡化，那些支撑情节进展的大量对白独白也减弱了。这正巧发挥了狗子表演的天赋，提供了他表演的空间。

里尔克在《独白的价值》一文中指出：

给这种生活创造空间和权利（在舞台上称为表现），在我看来是现代戏剧崇高的任务——而独白恰恰以它幼稚的笨拙与之背道而驰。它迫使事物之上的东西进入到事物中去，而忘记了芳香的存在正是因为它从玫瑰获得自由而欣然随风飘散。

如果人们现在问，应该用什么东西来取代独白，我就可以宣称，独白在戏剧中根本留不下任何空白，因为他负责去照亮的更内在的生活，必须如"外部的行动"一样完整而连续地发展,行动的原因归根结底就是那种生活。一旦这两种情节真正地齐头并进,那么,因对瞬间心理状态的回顾性叙述而造成的任何延续,以及向背景的任何回首就没有必要了。

说道"延续",狗子的表演也始终处于一种延续的状态,似乎永远是正在进行时。观众随着他有节制的语速与迟缓的动作而形成期待,那是一种有待生长的时间和不断扩展的空间,生活内在的滋味与汁液弥漫其上。

在电影《盒饭》中,狗子在郊外小饭馆里与蒜农的对话;狗子与穿着衣服的小柳在床上交欢;狗子在浴池里与几个陪浴的小姐探讨出家;狗子在酒吧中双耳插烟,朗诵北岛的诗句;狗子在片子最后的奔跑,这几场本该激烈的戏,狗子都演得冷淡迟缓,不论语言还是行动,都欲言又止、欲动而静,让人形成有落差的不满足感。狗子的演出总有出彩甚至抢戏的感觉。

在话剧《采访记》《泄密的心》中,狗子将一个理想破灭的画家与一个神经病老人演绎得更加到位,他不靠语言的独白,更多的是靠肢体,几乎所有的表情都是迟钝的。画家伸出的手停在半空中,神经病老人走路时伸出的双手以及在床上剪影一般的身姿，给人一种不完整的病态与磕绊之感。也许生活本来就不是流畅的。

看过狗子演出的人都会觉得狗子的表演是丑的，特别是对狗子陌生的观众更会觉得如此。狗子本身的形象不是美的，狗子的角色身份也不是美的，当然也不是《天下无贼》里傻根那样的丑。狗子的丑不是对抗美的，也不是丑角一样的喜剧。丑往往被界定为美的反面，艾柯在《丑的历史》中指出：

> 理论家往往不会考虑无数个人的变数、癖好和偏离常态的行为。美的经验固然是不带利害关系的静观，但一个心思不定的青少年就是看见维纳斯的雕塑，也可能产生绮思骚动的反应。丑也是如此：一个小孩子在童话里看到巫婆可能做噩梦，而别的孩子可能只觉得那巫婆逗趣。

丑留给人们的经验可能会更少，在狗子这种很小众的艺术作品中，会变得十分陌生。对狗子的表演及其所出演的角色的认可，完全取决于每个人在日常生活中的经验与趣味。1928年，米高梅高层在看过弗雷德·阿斯泰尔试镜

狗子出演话剧

之后，还曾抱怨他："不会演戏，不能唱歌，光头，舞还算能跳一点。"而早在达达派创立时就曾宣布：美已经死了，不必代表幸福，也不必表达伤心难过。在今天娱乐日益侵蚀人们的时候，所谓的丑当然也可以获得兴奋的叫好，也可以媚俗。

狗子的丑更多的是表现一种平淡的生活，已然颓废到了只能绝望忍耐的地步。但狗子的表演不是与审美传统和现今潮流的激烈对抗，他的一招一式似乎都在诉说着生活近在咫尺，就像死亡时刻在身边，无须刻意悲悯那个悲剧的结局。尽管宿命主义会使我们相信生命不过是一些充满喧嚣、盲目的白痴故事，但我们也会将一切的丑都化成喜悦的对象。丑的多样性并不能全部对应丑的能指，就像审美价值体系也会变成空洞的形而上的理想。

狗子那"丑的表演"，是自然的本色表演，获得了朋友们的青睐，如同他在生活中获得的好感。狗子在生活中一贯彻底放低的形象，就如同他用"狗子"称呼自己。他对别人一贯的尊重，最终让人淡忘了这一称号的丑的内涵。

2017年9月，狗子参演了陈明昊导演的话剧《卡拉OK猪》，首演时我们都去看热闹了。此剧的演员都是各行各业的业余演员，狗子通过这个剧，一下认识了许多新朋

友。他在《卡拉 OK 猪在飞扬》一文中写道:

> 我们的演出是从观众席上开始的,演员混坐在观众之中。我穿着一件超大的绛红色西服,拖鞋,裤子我忘了,因为每次演出都是从一堆剧组成员从家里带来的旧衣服里随便挑一件乱穿。我西服兜里有一听啤酒。我前排坐着两位浓妆艳抹穿超短裙的美女,她俩入座时我便注意到了(没法不注意到),美腿确实很诱人。我噗的一声打开啤酒,然后身体下滑膝盖轻轻顶在前排椅背上慢慢喝起来,我确实不是有意的,将身体团成一团膝盖顶着前排椅背是我常年养成的懒散习惯。我见前面俩美女交头接耳了一下,然后起身,绕到我的斜后方坐下了。操,太他妈不先锋了。我对她俩深感失望。
>
> 整场演出我都是晕的,不仅这场,未来的几场也是如此。在台上,我瞟过几眼台下的老弛,每次丫都在低头看手机。没挨包子,更没挨弹弓。

2018 年 11 月,狗子在南京参加了韩东导演的话剧《妖言惑众》,狗子在剧中饰演酒店的张经理,表面上衣冠楚楚，却经常在暗地里给一个疯女人安姐送棉被。我写了一篇剧评：

《妖言惑众》是韩东创作并导演的第一部话剧，这是一个叙述性很强的话剧。狗子以往风光的那些话剧，几乎都是抽象的实验话剧，他的角色都说着有一搭没一搭的台词，大多是些即兴表演，甚至有时就是他的本色出演。狗子如鱼得水，时时出彩，大有抢戏的感觉。剧中大段大段精准的台词，对狗子是一次艰巨的考验。

话剧是夸张的语言呈现，韩东有着魔法师的情结，他在意这个实践，并有意完善它。我觉得这个话剧要是改成电影，或许更有意思。人本该吟唱的内心秘密，如今都已丧失殆尽，只剩下沉默不语。大地上随处可见的是鼎沸喧哗与妖言惑众，而宇宙，则是一种患了癫痫的几何空间。

附：狗子参演作品目录

1996　汤光明　狗子　行为艺术片《鲁迅在北京》

2004　于小韦　李红旗　短片《一件皮衣》

2006　张跃东　于小韦　故事片《下午狗叫》

2007　张弛　范赵宁　故事片《盒饭》

2008　康赫　话剧《采访记》

2009　朱文　故事片《小东西》

2009　林家威　故事片《多年以后》

2009　康赫　话剧《泄密的心》

2010　高子鹏　故事片《空山佚》

2011　奥原浩治　故事片《黑四角》

2016　狗子　独幕话剧《鲁迅空谈》

2017　张弛　故事片《你去过杨凌吗?》

2017　陈世友　故事片《无欲之望》

2017　蓝石　故事片《我们相约北戴河》

2017　张弛　故事片《一个啤酒主义者的独白》

2017　陈明昊　话剧《卡拉OK猪》

2018　唐大年　纪录片《三味线》

2018　狗子　独幕话剧《鲁迅为什么不来青岛》

2018　韩东　话剧《妖言惑众》

2019　林家威　故事片《来了走了》

2019　狗子　独幕话剧《鲁迅遇见太宰治》

10　酒局明星

张弛经常说："狗子越来越会表演了，几乎成了酒局名星。好像参加酒局的每一个人都对他有所期待，不光期待他的出场，更期待他有什么意外的表演。而狗子到来时，往往习惯在包间门口环视下早已在座的吃客，如京剧的亮相一般。而到饭局结束，该结账时，狗子立刻应声倒下，装作大了。"似乎是无狗子不成局，无狗子不热闹，酒局上，总让人期待狗子的到来。

现在，张弛又说：狗子过去是迟到，现在是动不动就说有事不爱来了，我们要习惯"去狗子化"。在饭局上，他一见谁总是问狗子来不来就急，但要是狗子来了，他又立马沏茶倒酒，大献殷勤。

大仙早年在著名的《三里屯十八条好汉》一文中，把狗子列在第十一位：

狗子之所以成为狗子,并不是他老咬吕洞宾,就其生活态度而言,狗子的确能做到"一丝不狗"。如果在三里屯说狗子喝高了,这事儿就大了,狗子起码得窜到吧台上,朗诵"卑鄙是高尚者的通行证,高尚是卑鄙者的墓志铭"。

当然,狗子有时也站在凳子上朗诵顾城的诗:"黑夜给了我黑色的眼睛,我用它去寻找光明。"而"光明"就是喝到第二天早上。狗子有一次连续在天顺饭馆泡了三十多个小时,没合眼,也没换地,当然离开时是合着眼被朋友抬回家的,正所谓"站着进来,躺着出去"。

狗子说喝大的感觉就是"找不到任何可抓可攥的东西,更不要说找到什么新的途径(哪怕是岔路)能让自己脚踏实地起来"。这大概就是所谓崩溃的边缘吧。于一爽在《狗子善哉》中写道:

> 和狗子认识十余年,有时常见有时不常见,有饥一顿饱一顿的感觉。有时候连着几天都见也觉得很烦。见狗子可以通过很多途径,就是说可以在各种各样的饭桌上见到狗子。以至于大家经常说:狗子怎么没来

狗子为《男人装》拍照

啊。好像狗子不来就不能开饭。我和狗子说，只要有你参加的饭局就显得非常民间。我的意思是只要有你在这个饭局就高档不起来了，而狗子好像也看不上那种高档。

狗子喝大了不仅站得高，境界也高，他经常发问"为什么活着？""还有没有爱情？"，要不就唱《国际歌》。当然，狗子在酒局上也有演砸了的时候。

据李晏讲，有一次在参加一个画展活动后，酒桌上，狗子不知道怎么骂开了黑大春。只见旁边一桌站起一人，走到狗子背后，拍拍他说："兄弟，刚才我听你骂黑大春来的，他怎么得罪你了？我很好奇。"狗子口齿不清，咕噜了几句："关你什么事？"那人笑着说："我就是黑大春。"

前些时候，狗子一行人在鼓楼西大街边一家卤煮火烧吃饭。狗子等人对邻桌的几个美女议论纷纷，邻桌的男客已有所厌恶。当邻桌一男客提到一个老首长的名字时，狗子想起父亲不喜欢这人，便突然大骂。张弛见事不好，提前撤了。丁天练过武功，临走前对邻桌人说，今儿就不揍你们了。邻桌一男客起身飞起一脚，踢在丁天裆下，丁天倒地叫唤。男客回头朝狗子迎面就是一拳，狗子立刻一脸血,牙也活动了。男客见只剩下高个子的大辛一人,过来猛一扬头,大辛鼻梁骨裂了。最终,败下阵的狗子等人,只好报警。见过这一脚、一拳、一头后,大家都认为可算是见识了练过武术的人。

狗子作为酒局明星,各种人都对他有过记述:

> 狗子好酒,每喝必高,然后站在桌子上晃悠,此时贾先生的境界是不一般的。(未未)

> 他若玩疯了,敢跳脱衣舞。他敢把自己脱得一丝不挂,照样在众人面前跳,不管不顾。(芒克)

> 喝多了,狗子就出现了,他会拉着一个人的手半天不说话,以狗眼看人低的方式俯视你敬你爱你鄙视你。(黄燎原)

> 狗子点了五六个菜,全是十几块钱的,服务员忍不住了,问他,前面的菜你不点吗?狗子说,不点了。服务员露出一幅鄙夷不屑的样子,斜着眼看他。我尴尬地起身说,我上个洗手间。(顾前)

> 最迷恋天顺的是狗子,一挑门帘,真有宾至如归的坦然,可神气了。恨不得扒了衣服外套扔给老板去洗。(杨葵)

狗子在黄燎原的婚礼上，表演蹲儿舞，以蹲姿从大厅这头跳到那头，有时也会跳到桌子上，持续十余分钟。嘉宾有的开怀，有的愕然。（老狼）

有一次在回龙观，他说要与我喝一夜，我也应了，可喝到一半，他就醉倒睡在我家厕所里了。（陈嘉映）

要没见过狗子喝大过，那一定不是狗子的知己。（邹静之）

大概十年前的一天夜里，狗子跟何勇在我家楼下打电话说小于下楼待会儿吗？我当时已经上床睡觉，便说你们是人吗？狗子犹豫了好半天才说——是人吧。也可能是双子座的缘故连自己是不是人都表示怀疑了。（于一爽）

李纯在《正午》公众号上发表的《所谓狗子，不就是你吗？》说得更为详细：

> 关于狗子的故事，大多与喝酒相关。有一次，狗子和张弛等一些作家在后海的茶马古道吃饭，在座的据说有莫言。包间摆着沙发和茶几，他喝多了，站在沙发上，自言自语，没站稳，摔了下来，眼睛磕在酒

杯上,眼眶青紫,"偏一点儿眼珠子就掉出来了"。有一次,北京开了一家鱼头火锅,一个豪华的需要排队的饭馆,狗子在大厅吃饭,突然爬上桌子,火锅沸腾,他喊道,"把哥们儿往高层次带",差点跌进锅里。还有一次,唐大年和狗子转场去牡丹园的饭馆,下了出租车,狗子一溜跟头,摔在地上,爬起来,又摔在地上,就这么一边摔一边爬着进了饭馆,唐大年奇怪,"这丫喝完酒摔不坏"。

平常,狗子不善表达,甚至有点害羞。他一言不发,坐在边上,你看他,他就朝你礼貌地微笑,或者面无表情,仰头看天花板,露出鱼肚子般的眼白,或者垂头丧气,好像不太不高兴。酒精成了他交流的必需品。喝完酒的狗子,变得亢奋、热情,有时不免热情得过分。比如,他喜欢脱衣服,而且一丝不挂。在他看来,这是赤诚相见,是友谊的见证。有一次,张弛和狗子去常州采访一位检察长,检察长带他们去歌厅唱歌,狗子开始喝酒,在检察长面前脱得一丝不挂,拉着朋友的手转圈,"像马蒂斯的画"。

11 前扑后拥的粉丝

今年夏天,我在北京见到了狗子的粉丝颜盛。他十多年前在南京的公交车上认出了狗子,激动地上前拥抱,当天晚上就坐到同一酒桌上,成了朋友。那时,颜盛还在南师大上学,而且他识别狗子的形象,仅仅是来自对《一个啤酒主义者的独白》中作者像的记忆。

我也曾不止一次在北京的街头、小饭馆或外出的绿皮火车上,见证狗子被粉丝认出。我问过北岛,是否经常在街上被粉丝认出来?北岛说很少,只有一两次在书店被认出过。

为什么狗子这么容易就被这么多人认出?是长得太难看?还是因为打不起车因此坐公交接触人多被认出的概率就大?

狗子不管是在南师大还是在嘉定美院代课时,都和学生打成一片，带学生往大了喝，因此，不少人真成了他的学生。

汤光明在上海嘉定美术学校任教，他邀请狗子来上"应用文写作"课。他对学生说，不喜欢上课的可以不来。他上课就是放电影，然后拿着装了啤酒的保温杯和学生讨论。晚上和学生在外面喝酒，回来晚了，和学生一起跳大门返校。后来，校长不得不辞退狗子。他班上有两个女生知道后，当场哭了。狗子每每提起此事，都沾沾自喜，还说那两个女生上他的课经常不走门，都是跳窗户进来。

狗子在南师大代课时，认识了学生小宁、郝向阳、郦晋、陈平等，先后到北京入局，有的还留在了北京，有的毕业后找了女朋友，也一同带到西局，只是最近少见了，估计是走上了正路，纷纷出国了。

狗子在嘉定美院结识了同在学校当美术老师的荣岩。荣岩被狗子当成宝物，带到张弛在无锡的饭局上验收。当时荣岩兴奋得表演过度，酒后竟当着客人脱光了，让张弛倍感厌恶。但随后在越窑遗址游玩时，荣岩从土里捡到一枚青铜刀斧币，应属宝物，当场大方地送给了张弛，张弛觉得孺子可教。从此，荣岩成了张弛的学生，就是荣岩出国了，张弛也念念不忘。

狗子在嘉定美院的学生,有四个能喝酒的金刚。其中河南的叫吉祥,总招惹麻烦。他来过北京,打过小招,后来到了南非。去年来北京,张弛、狗子都不见他,最后阿坚和他在路边一串吧,简单吃了饭。去年底,另一个湖北的方兴邦,来北京开网店,气势不凡,住在香山,要收藏西局的文化手稿,他很快就和西局的人加了微信,打成一片。最近他又换了女友,让人把握不住。其余两位是叶恺和马立周。

狗子在北京大街上认识了高利,在卡塞尔艺术活动中认识了中国美院毕业的郑献成,通过小郑,狗子又认识了小郑的同学张炜、石磊。这些都是他的粉丝。

狗子还有许多粉丝是从网上认识的。如山西的音乐人王鹏、在私企打工的曹练等。

有一次,在我家楼下吃饭,狗子神秘兮兮地说,一会儿来一位粉丝。狗子和我们都认为粉丝是女的,纷纷打听漂亮吗?狗子笑而不答,还十分紧张。粉丝来了,大家一看,是个男孩。印象中那个男孩有些柔弱,狗子后来告诉我们,那个男孩有点同性恋倾向。

同样,狗子在网上结识曹练时,一开始也以为是个女孩。我不知道,如果狗子一开始就知道粉丝是男的,还会不会有热情来往。曹练最近写了篇文章《回忆狗子二三事》：

2011年大学毕业，我来北京，与狗子联络上。他在描述我俩首次见面时，用了简单的大男孩之类的表达（我那时确实才二十出头），然后说瞬间放松下来，我都为他见面前的忐忑终于落地感到舒心。

他大概觉得我是无害的能令他放松相处的人。我也想过，我在愿意相信的人和氛围里，常常不自主且心甘情愿地把自己的情商智商调低，进入那个害羞、真实、单纯的原我状态。这与他有些相似，大概令他安心。

但本质上，他大抵是瞧不上我的。这里面既有文人的傲，也有北京已算过时的盛气。更因为这个圈子虽很多人都混着，但出国、出名、做事儿，或即使不做事儿出生更可靠的人都太多了。我有什么啊？一外地青年，普通白领，天赋平庸，事业平庸，有交换价值吗？

而我也信命。普通人的努力只是玩儿，不是为了成功，只是抵抗焦虑和抑郁。

即使这样,我也敏感,常拿自己与张弛阿坚带的年轻朋友比较,看自己是否在谈吐、风度、学识、教养上输给对方。我常常觉得没有。给狗子减分是其次,基本上我也讨厌输的感受。

反正我们这帮人里,目前也没有能继承北京饭局的,有参与者,但没旗手,要么无意,要么无力。啤酒主义青年断层,或许前辈们打下的品牌和事业后继无人,也颇遗憾。

狗子还真有一位女粉丝,是河北兴隆的中学老师王芝腾。她的小说写得特别好,文风甚至比狗子还丰富。后来,她还成了西局主力作家,还是西局首位获奖者,被选为河北作协培养对象。在她的第一部小说《乌贼》中,直接写到狗子:

"描写就是一种抒情。我厌恶抒情。"

"那你喜欢哪个作家?"

"中国作家里我最喜欢狗子。韩东、朱文我也很喜欢。外国作家我最喜欢米兰·昆德拉。"

"狗子是谁啊?"季宇斌问。

"这里面有他的书,你一定要看看,他太牛×了。"

"你为什么喜欢狗子啊?"

"因为他从不抒情。"

"呵呵,你们可真是同类。"

"嗯,臭味相投。"

"这个狗子还活着呢吗?"

"当然活着。我好想嫁给他啊。"

"哈哈,你太逗了。"

"怎么了?嫁不了他睡一觉总可以吧?唉,也不知道他嫖不嫖娼。"

"哈哈。"

"真的,我读狗子小说的时候一直在想:这么有才的男人为什么不是我的?成不了他的女人能跟他睡一觉也是好的啊。"

狗子面对众多投奔而来的粉丝,有时又十分冷淡,他们来京也不见,美其名曰:"拒绝拥戴。"

由于我总是在朋友圈中发狗子的文章、图片,我单位的人也都知道了狗子,也有文青想见识狗子的酒量。有一次,我和单位领导吃饭,吃到半截,我举杯说:"今儿要先走一步,去赶个朋友的生日局。"领导问:"谁呀?这么重要?"我只好说:"狗子。"领导说:"那快去吧,不就是一年中,有 200 天和你在一起喝的那位吗?"领导还让我把酒带上。我赶到狗子这边的饭局,狗子说,领导没说跟着一起过来呀?

12 有关《狗子的饭局》的饭局

2008年,我无意间发现网络、报刊上有许多写狗子的文章,大多是狗子的朋友或粉丝写的,而且张弛、阿坚的许多文学或电影作品就是写狗子的。我想要是收集到一起编本书不是很有意思吗?

尽管狗子没过气,但出书还是费劲,好在这些朋友也不会在意稿费。

经唐晓渡介绍,我和作家出版社签订了《狗子的饭局》的出版合同。编辑说要我和每个人签版权委托书,我打保票,说他们都是狗子的朋友,不用那么麻烦,我能搞定。

不久之后的一天晚上,我、张弛、白脸在一起喝酒,散了后,觉得不过瘾,张弛提议去找狗子。狗子那时在家闭关,宣称不出来喝酒。我们在狗子家楼下按了半天门铃,狗子也不开楼道大门。张弛就在楼下向狗子家窗户喊,叫狗子下来。狗子打开窗户,破口大骂,并决绝地说就不出来。

我有点打退堂鼓,但张弛感到很没面子,怒火中烧。他对我说:"既然狗子如此无情,那我就不参加《狗子的饭局》了。"我当时没当回事,心想过两天他就会气消了。

第二天,我到大连出差,接到编辑电话,她说:"你看你,我早说要签版权委托书,你还说都是朋友,你们都是什么朋友啊?昨天张弛打电话给我们主编,说没授权参加此书,领导让解决这事。"我一听,头都大了,一气之下,说"那就不出了"。编辑又说:"那不行,合同都签了,你还是全部搞定委托书吧。"

回到北京,我找狗子商议对策。狗子说:"那就撤掉张弛的文章。"我说:"张弛的文章有好多,撤了还要再组稿。而且,没有张弛,也不像狗子的饭局呀。"狗子只好答应和张弛好好聊聊。

我在我家楼下通华苑设局,狗子当面向张弛赔了不是,张弛欣然应许,我连忙拿出准备好的委托书,请张弛签名。张弛看也不看就签了。至于其他人的版权,都是我代签的。

2009年底,《狗子的饭局》终于出版。我还在通华苑办了发书局,宴请该书作者。因为作者太多,那个饭局搞得很大,而且,不同圈子的人,终于有机会坐在一起,大家其乐融融。我还特意打出了大幅狗子喷绘图案,挂在饭厅墙上。

谁知不久,惹出了麻烦。小招那时要各路人给他写诗评,捐款出书。我有点无动于衷。小招突然在网上写文章骂我,说《狗子的饭局》书中用了他的文章、图片,要稿费和肖像费一千元。

我也没理小招,他给我发短信,说要到我单位闹,并到女儿学校闹云云。我在西藏给狗子打电话:"算了吧,我惹不起他,你先替我把钱给他吧,回去我再还你。"狗子说:"也不砍砍价?"我说:"这还不全是因为你!"

尘埃落定之后,我又发现了许多有关狗子的文章,想再出一本《狗子的饭局》续集。大家对我的执着很惊讶,都说我"吃一堑不长一智""好了伤疤忘了疼"。

2011年7月,《狗子的饭局2》在漓江出版社出版。两本书的广告说:

> 《狗子的饭局》既是对当下另类作家狗子个案的显微镜,又是对这一类作家群体的"放大镜与望远镜"。这是一部全景式、档案式、主题式地对小说家狗子的

一次全面展现。多元的视角,本真的文字,与活着相关的主题,是一个啤酒主义者狗子的立体化、档案化的图文呈现。

内容有各路人马写的有关狗子的随笔、评论、诗歌、小说、剧本、日记;拍狗子的摄影、纪录片、故事片、话剧;画狗子的油画、速写、版画等。当然也包括狗子本人的小说、随笔、书信、艺术作品、访谈等。

《狗子的饭局》由未未作序,作者包括:芒克、王朔、陈嘉映、陈晓明、韩东、张弛、阿坚、丁天、大仙、春树、何勇、石康、艾丹、伊沙、洪烛、赵川、杨葵、黄燎原、蓝石、老狼、严勇、竖、小宽、曹寇、顾前、骆驼、冯唐、莫小邪、张松、杨柳、璇覆、小招、白脸、程远、高星等。

《狗子的饭局2》由西川题写书名,邹静之作序。作者有:马原、韩东、杨黎、赵波、阿坚、大仙、张弛、万晓利、蓝蓝、孙睿、于一爽、贺中、沈浩波、春树、尹丽川、李师江、黄集伟、洪烛、赵健雄、何三坡、苏非舒、溜溜、唐大年、高星、高山、李宴、丁晓禾、宽、张道正、王音、凉度、杨柳、侯震、高子鹏、孙民、王馨、孙建国、康赫、赵赵、曹寇、东东枪、瘦猪、汤养宗等。

最近,媒体记者李纯、傅婷婷都在公号上发表了有关狗子的长篇记述文章,我说都可以做《狗子的饭局3》了,但我实在是做不动了。

狗子的夫人小柳说:"高星对狗子太好了!"狗子说:"我死了,小柳留给阿坚,房子留给张弛,书稿留给高星。"卧槽,狗子的书稿价值连城啊!

13　女人缘

狗子上中学时认识了八中的老狼,他们当时都喜欢文学。有一阵,狗子频繁拜访老狼家,老狼很开心,又沏茶,又洗水果。狗子不吃不喝,也不怎么跟老狼说话,一个人站立窗前,痴痴地望着远方。有时,狗子还带着棉手套,手指全是烟味,老狼以为狗子在酝酿写诗,对他充满崇敬。后来才知道狗子喜欢上了老狼班里的一位女生,老狼家的窗口正好可以瞭望那位女生家的窗户。

多年以后,老狼和狗子在作家朋友的酒局上频繁见面,狗子每次都会问到当年那位女生的情况。终于有一次,老狼从鲁豫那儿得知那个女生已定居夏威夷,算是了了狗子的一番心思。

我知道狗子第一个真正意义上的女朋友姓P,相貌平平。狗子在《一个啤酒主义者的独白》中,将其化名为

"楚洁"。他俩是和朋友旅行中认识的:

那是一年中最热的季节,清晨四五点,窗外晨曦微露,有扫街的声音,树叶间的知了在试探般断断续续地鸣唱,楚洁倒在我的床上酣睡,我丝毫不记得她的身体有些什么过分的裸露。我将身体放在沙发上,看两眼天,睡去。

醒来已是蝉鸣四起,窗外燥热难当。

楚洁在看书,头发湿漉漉的,大概刚洗完澡。我也爬起来去洗澡,一种异样的感觉一闪而过。

我洗完澡,她还在看书。

我抽烟,喝水。她的沉默令我有些紧张,不自在。我又想喝酒了。

我问她几点起的?睡得好吗?还记事吗?看的什么书?天儿够热的。

她坐在我的单人床上,背靠着墙,两腿平放,裙子整整齐齐拉到小腿上,书扣在大腿上。

她说我用了你的牙刷。说你这儿怎么没有表?说我们家那边是楼群窗外没树。说天儿是够热的。

过了会她又说我能抽支烟吗?

狗子记得，每当他们谈起婚姻，狗子总是一顿劈头盖脸的臭骂，P在一旁不置可否，从不入套。他们坐在小酒馆中谈各自的家庭，谈到他们都是在父母的吵闹声中长大的，有点同病相怜。他们好像认可了不结婚的理念，狗子还幻想着："我们死后，就把骨灰掺和到一块堆撒到拒马河畔野三坡——那个我们相识的地方……"狗子嬉皮笑脸地说得唾沫星子乱飞。

P可不认狗子那一套，她要现实的婚姻。狗子和她分手后，还说了句不咸不淡的话："恋爱不成还是朋友。"狗子向P还了借的两千块钱，P当着狗子的面就数上了。

P后来出国嫁给了瑞典人，生了孩子。狗子说，P回国时，他们去吃饭，狗子要打车，P抱怨狗子贪图享受，执意要坐公交，甚至吃饭都要AA制。

我后来也见过P，感觉非常陌生，倒不是因为她从不请我们吃饭。但狗子无所谓，依旧像朋友一样。记得有一次，为她父母的事，还要狗子去找蓝石和小白用拳头帮忙搞定，简直可笑。

狗子第二个女朋友S是个文青，长得漂亮，在《一个啤酒主义者的独白》中，将其化名"徐颖"，凭经验，可以想象那将是一场血雨腥风的战斗：

当我回想起我跟徐颖第二次见面的这个傍晚，当时的情景我无法复原了，尤其是她出现在我面前时的形象我无法描述。不是因为她美轮美奂得无法形容，恰恰相反，她当时的形象完全被她后来给我的种种形象所掩盖、所篡改，面目全非了。

我看见她在我的房间里衣衫不整，怒目圆睁；我看见一杯热茶摔得粉碎；我看见我忍着困意听她在我的床边唠唠叨叨几次睡着又几次被她扒拉醒；我看见她如王朔小说中的人物一般拎着把菜刀立在我床前，见我惊醒坐起便突然爆发出哈哈大笑将菜刀扔到书桌上骂我是"胆小鬼"……诸如此类。

有一次，狗子仗着酒劲对 S 说起毛片里的老外，狗子对她说："你该找个那样的。"回答狗子的是一把茶壶向他飞来，得亏他一歪头，茶壶擦着耳朵飞过，在他身后的墙上爆炸。狗子猝不及防，烟头烫了手，掉在地上。

狗子只好从住处搬了出来，在朋友处借宿。他自比为毛泽东撤离延安，不在乎一城一地的得失，勇于打破坛坛罐罐，与敌人打运动战、游击战，将延安这座空城留给蒋介石胡宗南——让 S 独守空房吧。

时间一长,狗子也慌了。软硬兼施,劝S撤离,每次都谈判不成反被扣为人质。直到S有了新男友,成为电视台主持人,狗子才算逃出苦海。狗子发誓再也不找女文青。S后来人间蒸发。

我认识狗子时,狗子已和武彬住在一起,他们像老夫老妻一样,分屋睡觉,各干各的,互不打扰。狗子在《迷途》中说:

> 我认识武彬是在1994年秋天,那时我正在为一个广东佬拍卡拉OK,武彬是我们选的卡拉OK演员。武彬演的歌曲中我印象最深的是《祈祷》(让我们敲希望的钟啊……),这是港台歌曲中少数几首与情爱无关的歌曲之一。后来证明这首歌还挺符合武彬的,比如博爱、中性、大度这些特点在武彬身上都是比较突出的。

5年后,狗子和武彬平静分手,武彬去了加拿大。

经黄燎原介绍,狗子认识了W,一本时尚杂志的编辑,文化圈名媛,应该是狗子所有女友中最漂亮的。狗子见到美女,不找文青的誓言早已抛到九霄云外。

可 W 毕竟要追求高档正常的生活，和狗子的破衣烂衫相差太远。她实验了一把新鲜后，和狗子分手了。后来 W 和一位著名诗人结婚，婚礼在一高档饭店举行，但好景不长，他们闹得不可开交，打了几年的官司。后来，W 去了法国，写了一本和红酒有关的书。

在一片昏天黑地的浪荡中，狗子认识了简宁公司的小元，她是云南姑娘，喝不了酒，经常陪狗子在饭店的椅子上醉卧到半夜，她是个款姐，说要养狗子一生，后来在成都病逝。

还有一位诗人 X，后来出家了。

狗子认识了春树的粉丝 Y，她住在西内一个四合院里，个子高高的，非常文静。狗子有一次和我们去延庆，回京时，随手从路边摘了一片树叶，要当作礼物送给 Y。后来 Y 就不见了，虽然狗子善于和前女友见面。

狗子在《一个啤酒主义者的独白》中说：

> 似乎只有女人是自打我青春期以来生命坐标系中清晰的点，其他人物事件都是这些点与点之间的连线（这些连线因时间久远有些已变为虚线甚至彻底中断成

为记忆中的空白),是围绕着这些点的陪衬和烘托……这么说是不是有点过分?难道我的生命只是围绕着女人吗?然而事实似乎又确是如此。

14 杨柳

2006年,狗子通过赵志明认识了南京画画的女孩杨柳,他俩在北戴河海边,花前月下,海誓山盟。

回到北京后,狗子在小柳的住地请客,向我、阿坚、张弛隆重介绍新女友杨柳,当时,还有一位杨柳的女友,张弛给人家起名"小瓜"。后来小瓜的丈夫封原给狗子出版了《迷途》。通过杨柳,我们认识了小孟、郝佳、阿休。

杨柳的父亲是南京的画家,早年画过一些中西结合画风的年画、宣传画,据说家藏虚谷、傅抱石等名家画作。他用心培养两位女儿习画,都是科班出身。

有的人说杨柳长得脸大,一副苦相;有的说长得嘴大,有索菲亚罗兰的味道。听到这些,狗子不置可否。

第二年,杨柳和狗子一起去张弛老家,在酒桌上,狗子借着酒劲,宣布要和杨柳结婚,你们爱同意不同意。好像还真要经过阿坚、张弛批准似的。

一天，在乡下的一个玉米垛旁，杨柳躺在上面晒太阳，我们正好从山上下来，看见杨柳非常舒服的样子。张弛对旁边的我们说，看看谁敢像饿虎扑食一样扑上去。话音未落，狗子超过我们，飞快扑倒在杨柳身上。我看出狗子的维护，尽管还不敢说是呵护。

后来，杨柳和狗子一直吵吵闹闹，有时半夜，杨柳还要和我哭诉。

2008年，杨柳在青岛为姚怡的饭店画壁画，狗子前来看望。在酒桌上，杨柳总是感觉冷，原来她怀孕了。

狗子、杨柳相爱在北戴河，怀孕在青岛，生孩子在北京海军医院。为此，狗子差点给孩子起名"贾海军"。但张弛说，是他生日那天，杨柳怀上的，给小狗子起的名字叫"贾坚弛"。最终，杨柳父亲起的是"贾涤子"，为向石涛（号为大涤子）致敬。

但到上小学时，同学给他起外号"假笛子"，贾涤子不干，给在外地的狗子打电话哭闹，在一边的阿坚还劝贾涤子，"我小时的外号叫口琴，不怕的"。

可以说，狗子是奉子成婚，杨柳如愿以偿。

如狗子所抱怨，杨柳确实是享乐主义。杨柳不仅把家

狗子在张弛老家吉林公主岭

装饰得和酒吧一样,还学插花。有时背个草编的挎包,在798喝上一杯咖啡。做个甜点,上面一定要有颗樱桃。

杨柳在《狗子的饭局》中说:

> 对于狗子的写作,他的书我只能说是浏览过一二,没什么触动,总觉得他缺乏大智慧。我喜欢张弛的书,老弛是个聪明人,写的东西幽默风趣又有智慧。我曾经批评狗子只是边缘状态上的轻声呻吟,丫气的要把自己的书撕了。有次还气愤地骂我有什么资格批评他,我算什么东西。

2007年,杨柳在去卡塞尔的飞机上,听一女孩与旁人言公公是人保职员,便问她你公公认识高星吗?女孩不停首肯,常听公公念叨。俩人欢喜,遂成闺蜜。女孩原来是我在人保老友黄牛的儿媳阳光,黄牛也喜欢狗子。父女俩的缘故,我与黄牛似亲上加亲。

阳光是建筑设计师,有一次她来北京,在酒桌上,老弛对她说:"我知道你喜欢过的都是谁。"狗子在一旁鼓励:"你说对一个,我喝一杯。"老弛一时哑语,改口说:"那我说都有谁喜欢过你。"狗子说:"操,那我得喝多少杯呀!"

阳光得意地笑了。

杨柳的父亲十分开明，也欣赏狗子。他似乎最怕杨柳离婚回到南京。他曾劝杨柳：狗子不就是喝点酒吗？男人找个女朋友也不算什么，何况他还是作家。

现在，可以见到狗子天天在酒桌上一边喝酒，一边辅导孩子做作业，到点回家，第二天早上七点还要早起送孩子上学。

北岛有次对我说："高星你看你的孩子早恋，我的孩子自闭症，陈嘉映的孩子凡人不理。狗子的孩子却在家里做作业，按说像狗子这样天天喝大酒，他的孩子应该在街头流浪呀。"

狗子说自己是双子座，命中注定受巨蟹座挟持，杨柳和小狗子就是一对巨蟹座。

15　意外的情感

去年冬夜的一个傍晚,狗子揣着一瓶杨柳泡的药酒来找我,那药酒又稠又甜又红,如川贝枇杷膏。就着药劲,狗子和我汇报思想,说看了我的长诗《疗伤》和今年新写的一首长诗,都流下了眼泪。说着说着,眼睛里有液体在转,为了回避同病相怜的尴尬,我忙打岔:"这酒多少度呀?"

张弛在《狗子的正事儿》中写道:

> 除了喝酒和恋爱外,很难在狗子身上找到什么爱好,以致狗子给人一种假象,这些年来,他一直都在受苦,都在坚持或者死扛,他形销骨立的形象便是最好的证明。

我女儿现在才18岁,已经谈过好几个男朋友,谈头一个时,将人家男孩的姓的拼音字母纹在耳朵上;谈第二个时,直接将人家男孩的大名纹在手臂上。我问她,男孩纹你的名字了吗?她说,纹了。我说,那他还要多纹一个字(我女儿名字是四个字)。现在她和男朋友吹了,又去洗,花了不少钱,还受罪。我对她说:"你要再这样下去,你身上就变成百家姓了。"

其实爱情就是一种冲动。我对女儿说:"我和你妈都结婚20年了,但我现在还没有毅力去纹她的名字。"因为,我既知道爱情的非唯一性,也知道婚姻的多变性。

我的婚姻比狗子要多两次,但狗子的爱情(到手的爱情)要比我多得多。狗子说我旱涝保收,收支平衡。

我和狗子也都有过婚外的情感经历。但狗子的更真实一些,或者说更真切一些。

我一方面羡慕他俩的热情,一方面也没有想象他们最终走到一起是否真好。

我不善于公开化,也可能没有能力公开化。当然,狗子的狡诈使之更隐秘一些。他所谓的坦诚,不仅可以让我们一同坐在酒桌上,见证她的存在,甚至有一次还把她带到了家里。

让我想不到的是,这些经历,最终竟成为狗子与老婆互换真诚的信息。由此可见,狗子的鸡贼,不堪一击。

我知道狗子的这段经历对他影响至深。何况,人家早已过上了正常的生活。

我为自己的情感经历写下了大量诗作,或许因为诗歌更加隐晦,但每当我问狗子为何没有把这些写到小说里,他总是支支吾吾,左右为难。看来善于写实的狗子,面对内心深刻的隐秘之处,还是有些无能为力。

我对他说,你不能面对这个,就不能有什么真正意义上的新作出世。

随着年龄的增加,身体的不支,我们都在放任自流,顺势而下。那样的经历,已然成为绝唱。面对种种家庭、物质琐事,年轻时的那点因爱情带来的快乐,早已荡然无存。每每看到女儿们为过各种节日、生日而忙活时,我总是发问:"这有什么可快乐的?"

我们的有限生命,让我们不可能见证婚姻的灭亡,但可以看到自身爱情的死亡。

16　两座大山

狗子和张弛第一次见面是 80 年代末在马高明的婚礼上,那也不知道是马的第几次婚礼了,据说现场的警察比来宾还多。那时张弛正在办《边缘》《幸存者》,而狗子还在鼓弄校园文学。张弛对狗子的第一面印象并不好,当时狗子显然已经喝的半晕,晃里晃荡地到张弛他们这桌借打火机,点完烟转身就走了。狗子那种一见如故牛×哄哄的样子让张弛耿耿于怀——他连句谢谢都没说,更别提说久仰大名了。

后来狗子到了《音乐生活报》,开始跟张弛约稿。一天傍晚,狗子骑一辆自行车到木樨地找张弛。张弛说,狗子当时瘦得就像是自行车的支架。那是他俩头一次单独喝酒,一喝喝到现在。

当时,狗子天天和阿坚在一起喝,而且每天面临这么多局,不能保证和阿坚、张弛同时见面,他有时一天东、西奔波,赶场子。尽管疲于奔命,还是两边不落好。狗子一直在努力撮合阿坚和张弛一起聚会,省得他每天分心。

阿坚和张弛早年就认识,但因贵州一女诗人上下楼的时差,曾结下梁子,俩人见面也是貌合神离。特别是习惯在东边吃大餐的张弛,一见到阿坚这边桌上的花生、毛豆,就一脸皱眉头。

俗话说一山不容二虎,但为了狗子,他们终于走到了一起。他俩为了狗子彼此将就,处处维着狗子。阿坚认识狗子后,彻底改喝啤酒,甚至狗子结婚了,阿坚才也办了手续。张弛也时不时要忍痛坐坐小饭馆里没有靠背的椅子。

但阿坚和张弛还是经常在酒局上聚讼纷纭。阿坚提出玩掷骰子,张弛就说玩猜牙签;阿坚提出玩转勺,张弛就说玩划拳。他们总是针锋相对,不分上下。

狗子也是请神容易送神难。狗子有时想闹独立,可阿坚、张弛怎会放过他。狗子就"闭关",躲在家里不出来,或者去外地,但阿坚、张弛经常是饿虎扑食,擒拿狗子,屡屡得手。阿坚还把到外地"探访"狗子的经历画成地图,写成文章《贾新栩客居的六个小城》,扩大战果。

而狗子在闭关期间,也不好受,坐卧不宁。到了饭点,饥饿感倍增，他有时就到张弛、阿坚经常出现的饭馆附近转悠，如果巧遇，他也好顺水推舟，将错就错，不赖他自己不坚决。可见三人之难舍难分。

狗子在小说《迷途》中，对这"两座大山"有过定义：

> 在北京，周围的朋友们都知道，我曾有三座大山：阿坚，老弛，黄燎原。黄燎原这座大山已被我推翻了，其实算不得"推翻"，人家是自己移开了。我和黄燎原是发小儿，一度在一起形影不离，但黄燎原不是为混而混，他是要干事情的，要干事情自然就不能成天在我这儿压着……而阿坚老弛则不同，他们认为朋友成天在一起喝大酒，是第一甚至唯一正经的事，其他都是身外之物过眼云烟。而这样为混而混的喝大酒，我似乎是最佳人选。敢喝能喝不闹事能接话，没工作没人管得了我，关键是喝起酒来我变得和他们一样虚无。也就是，至少在酒后，我们的世界观是一致的，可说是志同道合，所以他俩至今仍是我的两座大山。我在北京完全置于这两座大山之下，结果无家无业的我变得比那些上班挣钱养家糊口的朋友还忙。

对于两座大山的说法，两座大山自己均不承认。

大山阿坚说自打认识了我，他的诗歌前程基本被毁，诗越写越少越写越水，以至于后来只会写那些不过脑子的流水账，现在连流水账都懒得写了。流水账虽说不动脑子，但字数还摆在那里，现在他只能写提纲了，原本几百行的长诗或中长篇小说，现在只变成大约十行的分节目录。他说照这个趋势，下一步只能写标题了，最终不立文字。大山老弛则说这些年喝大酒喝得抽筋落枕手脚发麻是常事，有回坐在沙发上看报纸竟把腰给扭了，害得他连续一个月天天去医院推拿按摩，他说担心他的老命迟早毁在我手里。言下之意，二位大山均认为是我在毁他们在欺压他们。

这就是朋友。对此我们倒是有个共识，就是朋友——尤其是好朋友，就是互相毁。所谓为朋友两肋插刀，搞不好全插朋友肋上了，谁让离得这么近呢。

狗子说阿坚、张弛、黄燎原是他的三座大山，我觉得黄燎原有点说重了，阿坚、张弛是真压的狗子够呛。但我估计狗子一生都离不开他俩。

狗子人缘好，阿坚说他是"老好人"，张弛说他"有卖像"。狗子作为阿坚、张弛之间的平衡点，形成了三角形的稳定。

狗子有时也会和阿坚、张弛争吵。阿坚一般不言语，张弛会拉黑狗子。张弛在《狗子的正事儿》里诉苦：

> 为《三味线》后期的事，狗子跟我发生了激烈的争执。狗子的声调比平常提高了八度，好像还跟我拍了桌子，面目可憎。有些人一旦认为自己占理就是这样，实际上是失去了理智。

17　扯不断的爱与死

2016 年，狗子与高山、沈山、赵博组成了一个叫"比尔狗"的访谈小组，在搜狐的于一爽负责联系拍摄和播出。他们前后对 16 个人做了关于爱情和死亡主题的采访，视频在搜狐聊天节目中播放，文字被社科出版社的李炳青出成了书《爱与死》。之前，狗子和陈嘉映、简宁还出过一本《空谈》。

其实，狗子对这些问题的关注由来已久。他总是喜欢问别人你还会谈恋爱吗？你怕死吗？当然还有他的终极问题——人生的价值是什么？一般这样的终极问题出现时，狗子已经高了。

于一爽说："爱情问题在当代被过分放大，死亡问题在当代被过分回避。爱情也没那么重要，重要的是死亡。"

对这些问题的穷追不舍，可见狗子是一个非常较真的人。张弛说:"我觉得这两个话题太过沉重(至少在狗子那儿),耗费了他很多精力,让他在酒桌上有所不支。我喜欢嘉映对此的评价,他说这个话题(大意)就像喝酒,不必太过较真,感觉到位就行了。但狗子可能不这么认为,他必须钻这个牛角尖。还是拿喝酒做比喻,就是一定要喝透,喝到断片儿为止。"

春树自称是狗子的学生,但连她对狗子提出的"爱情是什么"的问题都觉得纯真。她后来特意写了一篇小说《什么是爱情》,希望能够回答狗子这个复杂的问题。她还写了一首诗:

> 在南京
> 几个写诗的朋友围坐一桌
> 其中一位问我
> 为什么诗里从来不写爱情
> 是啊
> 为什么不写
> 我讨厌那些小情小调
> 我讨厌那种诗情画意
> 我不想让我的诗里出现这两个字

哪怕它纯洁如

"爱情"

可我明明经常在"爱情"

我经常胡思乱想、多愁善感

我渴望花前月下

我常常茫然无措

我有时甚至会不知耻地流下

一行或两行

眼泪

然后再擦干

我只知道我有点伤感

不知道是否存在爱情

我早已不是小女孩

我也早已不是送花的少年

但我并未阅人无数

沧海桑田

······

我想说

我喜欢"爱"

我也喜欢"情"

可什么是"爱情"

我还真不知道

从来没想过

也懒得想

狗子兄

既然你问了

我就答嘛

我许多诗里都写到了爱情

唯独不提起这两个字

也许是知道我这颗小心脏

承受不了"爱情"

这样巨大的能量

关于死亡,狗子在小说《迷途》中写道:

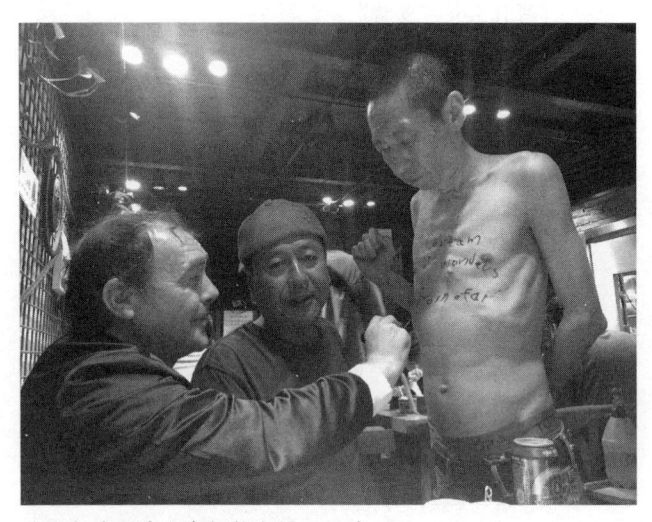

狗子与外国诗人在饭馆邂逅,题诗

我这次出门只带了一本书——《西藏生死书》。这书比较易看，也比较耐看，每次只需看也只能看十来页，小小领悟之后小小咂摸一番，这个阅读量正合适，再多看就有装不下之感。

关于死亡的知识或说关于死亡的教育，我们从来就没有领受过。现代教育应该开设一门"死亡课"，为什么这么重要的课程一直就没有呢？

关于"我们从哪来"，小学有《自然常识》，中学有《生物》《生理卫生》，若想继续追问，大学里这方面的课程更加完备和细致。虽然我们所学的这些知识未必就对，甚至漏洞百出，但起码我们所受的教育没有回避这一问题。

而对于"我们上哪去"（或许将死亡做此比喻不太准确），我们只被告知一句话：我们将上火葬场去，烧成灰，然后亲属们从这些灰中保存一小撮，装在一个盒子里，就算齐了。

整个死亡简单得令人不可思议。封建时代还大哭大闹烧纸钱，让死者带着到阴间去花呢，即使这一切荒唐可笑，但起码说明了一个态度问题，如果说构想出一个阴间或天堂属于判断失误的话，那总比根本就不判断完全回避要强一点吧？

这问题太大了，我没有能力继续说下去，面对死亡，我几乎就只有目瞪口呆毫无出路毫无还手之力。世上竟有这么邪门的事？

但正因为它太邪门了，所以是不是更值得我们去面对？

谁能勘破生死谁牛×，此外皆等而下之。至于勘破生死之后还要普度众生，这应该是等而上之吗？

然而生死这道坎，几乎是难以逾越的，《西藏生死书》中似乎也说，这是多生累积的成果。

我觉得我此生可能没戏了，按书中说，起码我此生还是关注死亡之类大问题的，就当为下辈子打点基础吧，这辈子能做多少算多少，不必为难自己强求自己，剩下的时间（几乎是所有时间）要抓紧吃喝玩乐，献身功名利禄，这可是立竿见影招招见血见肉的事呀，你这辈子的任务就是主攻吃喝玩乐儿女情长功名利禄业余关注生死玄虚之事。

阿坚在《向太宰治学而时习之的中国作家狗子》一文中对狗子的问题剖析道：

现代另一大哲也说过：（大意）能说的就说透，不能说的就闭嘴。狗子是爱追问为什么的人，年青时可以，现在都半百了，该自己悟了，但还是爱问。记得哲学教授说狗子是活着就要不断问为什么的人，而张弛说狗子的追问是无厘头式的，就如张开大网在没什么鱼的河里打鱼，打鱼是次要的，习惯是重要的。我不太爱问重要的问题，一是一出嘴那问题就像跑了味，跑了劲，二是高人一对一地回答也让人不可承受——就算你听明白了但你接受吗——除非他是你上师。太宰治就自己是自己的上师——又绝不交深，对所敬畏者让它静静地在那待着。

于一爽说："《爱与死》出版后，狗子还给王朔快递了一本（估计没看）。"

18　佛系

我有个朋友叶君,在我单位广东分公司工作,曾在纽约与史带时期股东 KK 朱及史带义子 TC 徐共事,游迹其中。

叶君自学小提琴、手风琴,风流蕴藉,洋派非凡。善乒乓球、网球、羽毛球,球技过人。收藏古玩字画,尤以古籍善本为粤大家。叶君婚后一直无子,成为心头之患。

叶君临近退休之年,公司分配来一位湖北女大学生,系游泳健将,引众人侧目。其目吐星光,脸泛桃红,浓发泼墨,长腿琢玉。公司上下,唯叶君成为知音,叶君与女孩学游泳,女孩与叶君学小提琴。操琴时余音绕梁,戏水时浪花飞溅。叶君四肢常僵硬,游泳废也。但水乳交融,日久生情,并诞生了生命。

问题接踵而至:叶君家里的耳顺夫人如何?叶君单位

另一位不惑女友如何？女孩的男友如何？女孩比叶君还小之父母如何？叶君抽丁拔楔，一一化解，各方相安无事。叶君老夫人甚至帮叶君带小孩，并出资助其创业，小区里常见其三人带女散步，小夫人呵护叶君左右，燕侣莺俦。

叶君老来得子，求我给命名。我说："叶雨。"叶君说："太雅，俗名命大。"我说："叶有根。"叶君说："就是它了。"

去年，叶君携小夫人进京，小夫人盛装出席饭局，惊艳四座。张弛、狗子纷纷倾慕，问其有何妙法？阿坚不屑："还不是花钱搞定？"叶君说："皆因老夫人乃属佛系。"狗子五脊六兽，一脸蒙圈，子在桌上曰："以往遇此事，都是我想信佛，原来要对方信佛呀！"

信佛对狗子来说，成了家常便饭，就如他一贯喜欢发问爱情与死亡这一终极问题一样，不可理喻。

狗子经常闭关、修行，看一些佛教的书，动不动扬言要离家出走去当和尚，但始终没见他有实质的变化。狗子在小说《迷途》中对自己的生活状态及无法脱离"酒池肉林"的侵扰做了梳理：

> 如果说，我真心向往的生活是就着馒头夹咸菜天

天泡北图这样，那么我现在所过的生活是否可做如下解释：我要遍享人间奢靡浮华之后，再那么做，我还就坚信我能够出淤泥而不染，我还就坚信我泡在酒池肉林里终有腻的那一天，我相信那一天就是浪子回头金不换的一天，从那天起我就可以坚定地与过去决绝，从此过一种我向往已久的纯洁的苦行僧生活……

我是穷孩子出身，我得让自己将大肥肉彻底吃腻了再改吃素，上来就玩素食主义我肯定坚持不住。与其半途而废，不如头半生疯狂恶补，将自己厚重恶俗的胃口彻底搞坏……

这么做唯一的风险就是，倘若我的胃口永远那么旺盛，大鱼大肉，美女美酒，就是不腻，就是没够，那该怎么办？

那我就只能认倒霉了，天生的小人胚子，无可救药，下辈子再修炼吧！

越写越像是为自己低俗的贪欲找借口了，你就不能承认你就是一个不折不扣的酒色之徒吗？承认这一点又怎么了？而且所谓的酒池肉林在哪呢？您见都没见着，只不过刚闻见点味就找出这么一大堆说词，且做出一副撸胳膊挽袖子非要往里跳的架势……您这不是自作多情吗?

2018年,在西局书局艺术展上,狗子做了一件装置艺术作品——《北京四中(1979—1985)》。狗子将自己在北京四中上学期间本该留存的档案、证明、纪念物,包括学生证、毕业证、作业、奖状、成绩单、留言簿、日记、书信、照片等,经过撕毁、焚烧,最后浸泡在一个啤酒罐子中。策展人Lisa说,这是狗子的青春祭,如同太宰治的樱桃祭。

狗子如同终结了自己的一生,死了一回。一生沉浸在啤酒中的狗子,丧失了自我。虚无的身份存在,时间的酵母,让履历变形破碎。活着到底有什么意义?

我受收藏癖驱使,同样在10年前为女儿高天行云出版了一本《天天向上》,里面有从她母亲怀孕到她上小学的所有证明、纸片、物件。别人都夸我有爱,心细。其实,那也可以算是一种行为艺术。

去年,我老家修家谱,说要附上我的简历。父亲反复问我在单位到底是什么职务和级别。我说署"诗人"就行了,父亲说那不算,没有证明,村头的二傻子也自称诗人呢。可见诗人的"无冕之王""世界命名者"等称号,也不

狗子的骨性

好使，还不如一纸任命书。也可见关于身份的认同，不可能只是一种档案的证明。

在人类历史上，"我"的发现，以及作为一个独立的个体和主体的"我"的诞生，或许是最具创造性也最具解构性的行为。但"成为我"是一项永远不可能停止的身份规划和记忆工程。在充满冲突与断裂的多元社会，作为一种朴素的认同，记忆或许可以为我们维护自己的身份、维持自我的连续性提供一臂之力。

前年，我写了首诗，因为新近发现的太阳系附近一颗冰冻的"超级地球"而有所感悟：

废弃的飞船和大大小小的石子

沉落在混沌的视界

如死亡，如射精的瞬间

爱是奇遇，概率如星空中的擦肩而过

永恒没有时间，只是火花的炫丽

还有自以为是的唯一

死去的母亲，摇摇晃晃的一生

在墓地里的骨灰

还不如石子的斋粉真实

终有毁灭,没有自觉的欲望

还想着迁徙火星、月亮

发展的硬道理就是自掘坟墓

不可能的伟大,一辈子的烦心事

望远镜的翅膀,羽毛乱飞

上帝到底能管多大的地儿

如果人类终将消失,还有什么值得在意?

狗子把这件作品标价为当日的一个比特币。比特币就是一个虚无的概念,正好说明其价值所在、完美所在。但一直到展览结束,这件作品都没有卖出去。撤展时,狗子把它扔到了路边的垃圾桶里,成为这件作品的完整性标志。

狗子现在有一个小群,几个人在一起定时打坐,探讨佛学。狗子现在基本吃素,但他辩解,不是因为信佛,只是上次打架,牙被打松动,吃不了硬菜了。

张驰

张弛在《我们都去海拉尔》里给很多朋友取了外号，比如阿坚叫"阿富汗奸细"；狗子叫"贾新栩栩如生"；老狼叫"披着狼皮的老狼"；唐大年叫"糖大粘糖"；最骇人听闻的是"撒泡尿赵赵"。

大家谁也没生气。张弛说："那是我故意做的一些文章。我觉得中国人的名字太短了，就用这种玩笑的方法给朋友取名字。这是介乎名字与外号之间的一种文字游戏。我写朋友，虽然用到真名真姓，实际上写的那些事情大部分都不是真的。这里面我有一个分寸——他们真正做的事，我是不会写的，因为有的人很忌讳别人在书里写到他们真正的经历。我写的那些事像是真的，但不是真的。这样大家都能接受。"

01　东北少年

巧得很，阿坚、狗子、张弛三人的祖籍都是山东，他们的父亲又都是从东北来到北京的。

张弛的祖籍是山东蓬莱，父母生在吉林长春附近的公主岭。固伦和敬公主是乾隆第三女，和敬公主卒后葬于北京东郊的东坝镇附近。按风俗将和敬公主的衣冠埋于自己的领地，即今公主陵遗址。后因忌讳"陵"字不祥，遂将"陵"谐音为"岭"；另一种说法是由于公主岭地处松花江和辽河流域的分水岭上，遂将"陵"改为"岭"。

2006年秋，阿坚率领我和张弛、狗子等人一同抄张弛的老家。我还记得在张弛的一个乡下亲戚家，见到一个带手绘图案的老式衣柜，张弛说那是他家的老物件。我们为张弛父亲扛回了一个老木箱，那是他父亲年轻时用过的。

辽河两岸的农业风光和贫穷故土，让张弛感叹不已。

他在一幅画有葵花的墙报前留影,手里握着一根黄瓜。

在张弛爷爷的祖屋,张弛问家乡人:"我爷爷活得还够寿数,我奶奶怎么就死得早呢?"一老人讲:"你奶奶抽大烟,后来心口痛,你爷爷就给她打青霉素,往胸口上打,给打死了。"张弛说:"我就从来不对我老婆劝医劝药,让她自己上医院,现在看来是英明的,我可不愿成为我爷爷那样的人。"

在离开长春的火车站站台上,前来送行的张弛的姑姑把我叫到一边,问我"张弛在北京到底是不是著名作家",我说:"老有名了。"她说:"可看他身边的这些人都没什么出息,也就你看着还正经点。"她一再叮嘱我:"你在北京要好好照顾张弛。"我一下感到了肩上担子的分量。

张弛的父母在家乡上中学期间参加革命,后加入第四野战军,参加过辽沈战役的四平和长春战役,1949年后到了原沈阳军区保卫处。

张弛的父亲抗美援朝时期曾在鸭绿江畔护卫过回国的彭德怀,给出访苏联的毛泽东专列站过岗,但当时他父亲并不知道夜行的专列上是谁。

1960年,张弛在沈阳一经街的军区保卫部202医院出生。他生下来没几天就感染上金黄葡萄球菌,险些呜呼哀哉。

有一年，张弛回沈阳，特意到他家的宿舍楼寻访。他说，在楼梯扶手上居然找到了当年划破他手臂的那枚钉子。

1966年，张弛的父亲来到北京，在基建工程兵总部任职，母亲到总政卫生处当首长医生，当时一家人住在白广路总政大院的一栋老式楼房里。

张弛在抗大一小上学，和罗艺同校。张弛说那时一个是北京的热让他受不了，还有就是同学总是讥笑他的东北口音，让他耿耿于怀。张弛和父母说要回东北去，父母问他怎么回去，他说，沿着铁道线就可以走回去。父母一听，暗自感叹，这孩子够聪明呀！仿佛在遥远的铁道线上看见了他的未来。

在部队宿舍楼里，张弛和放学的孩子们一起疯玩，不是拿着自家的尿盆往对方头上扣，就是用吐沫往楼梯扶手上抹，好滑楼梯滑得更快。

那时正是"文革"期间，张弛见过跳楼自杀的场面。可以说那时的社会生态画面，就像小人书一样，一篇没落下。

1971年，张弛一家搬到黄寺大街的总政大院，张弛转到青年湖小学上学。黄寺大院出过吴甲丁、王中军、丁天等文化人。

张弛还记得有一次坐大院的卡车出去看电影《洪湖赤卫队》，路上的石子溅起来正好砸在甲丁头上，血流如注。

张弛从小喜欢写连笔字，仿毛体草书，和王中军算是学校里字好的。有一次，院里出现了反标，有人见过张弛曾在那里出现，警察还因此找张弛写了一遍"毛主席万岁""打倒美帝"。

1972年，张弛在外管中学上学。上学路上，张弛经常被高年级同学拦截，索要钱财。

那时，张弛的父母下放到江西五七干校劳动，姥姥带着张弛和姐姐在北京生活。张弛父亲给他讲过，一次在干校的田埂上见到一只大老鹰，展翅不动，以为是病了，就想托举它飞起来了。后来才知道，老鹰刚吃了一只小猪，给撑坏了。

1976年，唐山大地震后，院里的居民都住进了抗震棚。这让张弛大开眼界，他可以偷看邻居家女孩在抗震棚里换衣服。

在大院的游泳池里，张弛经常被淘气的孩子拖住手脚，只好在水中拼命挣扎；在大院的防空洞里，张弛曾被反锁在黑漆漆的洞穴内；有一次，大院里的孩子在菜窖上奋力踩高，菜窖塌了，躲在菜窖下面一个叫"永生"的孩子被

砸死了,此事对张弛刺激很大。这一系列经历,让张弛留下了幽闭恐惧症的病根。狗子在《迷途》中说:

> 有强烈自我意识的人常常会有这样那样的怪癖,张弛就是一个有明显失重恐惧症的人。他拒绝坐飞机,从来不坐电梯,不管要去的地方是3楼还是23楼,他认为双脚一离地,命运就不在自己手里了。了解他的人肯定会觉得非常奇怪。他似乎无时无刻不处在失重状态,他不属于任何国有或私营单位,没有固定的经济来源,这就像一个有恐水症的游泳运动员一样让人不可思议。

1978年,张弛上高三,家里来了一位负责招兵的领导,说可以让张弛参军,当首长的勤务兵。但张弛的父母有点舍不得张弛去外地,认为他们当年为了到北京,放弃军衔,就是想让孩子们离开农村。

可张弛也没有临近高考的模样,父亲就把他转到老家吉林的铁一中复习,并在那里参加高考。张弛那时数学极好,老师在黑板上算式还没写完,他就把答案说出来了。

小时候,张弛总是习惯张扬父母的出身,穿上父亲的

将校呢子大衣显摆。现在有时也爱说自己住在长安街的部长楼大院,倚老卖老。张弛最近写的《庚子述梦录》,有对他父亲的记述:

> 我爸不是一顿饭就能轻易对付的。有一次我跟他老人家喝酒,我正要陶醉,突然听到我爸貌似无意地说,听说法国有一种叫拉菲的红酒。我顿时酒意全无,第二次回家就带回去一瓶。本以为会得到夸奖,谁知我爸呷了一口后放下酒杯,对我忍痛买来的酒不置可否。
>
> 还有一次,我跟鸭姐请我爸吃烤鸭,专门给他点了一盘盐水鸭肝。菜上来后,我爸也是不屑一顾,说,鸭肝好像不如鹅肝好吃。我心想别好像了,就是,价钱在那儿摆着呢。这时,鸭姐接过话茬,说鹅肝胆固醇高。我爸耳朵一下不聋了,白了鸭姐一眼,说,我还不知道鹅肝胆固醇高,又不是天天吃。

张弛30岁后,忽然体会到了父母的苦心,他每个周末都要回家探望父母。张弛想方设法让父母满意,父亲认为加入作协是成为作家的标志,他便加入了北京作协;后来父亲又认为加入全国作协是水平更高的表现,他又去填表。

02　大学里的另类

1979年,张弛考入北京外国语大学,专业是英语,第二外语是法语。当时他也报了国际关系学院,如果上了那个学校,不知张弛的人生是什么样子。

张弛说,那时候要学外语,语言环境不像现在这么普遍,只能到专门的学校去学,外语也不像现在只是被当成工具,或者是一个人必须具备的知识。那时候会外语是一件特别了不起的事。

张弛有语言天赋,就是现在,他的英语也是张口就来,法语也不在话下;模仿外地人及身边人口音也是惟妙惟肖;大段背诵古文《岳阳楼记》或高尔基的《海燕》,如同贯口。

张弛说,他当时用的课本,有一本叫《诺顿美国文学文选》,从爱默生开始讲起。爱默生被认为是美国现代文学的鼻祖,在爱默生之前美国是没有文学的,那时都是英国文学,所以美国人讲自己的文学都从爱默生讲起。原著也看一些,当时流行的是口袋书。上课分精读和泛读,精读课上会读一些英美文学的经典作品,比如马克·吐温这些作家的,但不会讲很现代的文学,比如《万有引力之虹》这类前卫的作品。

张弛认为,学外语练的技能主要是让你当翻译,而不是当文学家。外语对张弛的影响是潜移默化的,培养了他的一种语感。解构文学的出现,使外语的素养变得特别重要。所谓"解构",首先是对语言、词汇的解构,然后发展到对观念的解构。如果对一个词语不能充分了解,就会影响你对整个文本的处理。张弛也翻译过一些外国诗,比如美国诗人约翰·阿什伯利的诗。

张弛在学校学会了喝酒,也开始写诗,好像诗和酒不能分家。那时,张弛认识了圆明园诗社的黑大春,后者经常骑车带着张弛往圆明园跑,有一次被抱着西瓜的警察追截。张弛说,中关村的发展,就是一开始卖西瓜的人后来改卖电脑了。

张弛也在那时开始接触《今天》。他听说北岛不讲卫生,裤衩不爱换,就不喜欢接触北岛。他和芒克、黄锐走

张弛和大仙

的近，黄锐还到学校找他玩过。

张弛当时也是热血青年，女排胜利了，他点燃笤帚满校园跑。北大开展竞选，他也去声援。后来，他还和几个同学退团，被学校团委开除。

据西川讲，在他考入北京外国语大学附中的时候，附中和大学使用同一个操场。一天，西川的老师指着在操场那边的张弛说，别和他一起玩，那是坏孩子。

大三的时候，张弛和几个同学经常往外国人公寓跑，有一次夜里赶不上末班车，他的两个同学就随手撬了一个美国女专家的自行车。他们被警察抓进看守所，后被学校开除，女专家出面说情也不行。

张弛帮他们收拾行李，还跑到火车站送行，这让学校很反感，加之他旷课、留长发、穿破裤子、在宿舍里养猫等问题，最终以"资产阶级自由化生活方式"为由，也给开除了，档案被学校扔到了劳务中心。

03　西藏历险记

1982年，张弛从大学出来后，有人介绍他到秦皇岛中外远洋运输公司的船上当翻译，但他父母不放心。后来张弛进了中国剧协外联部，负责开展对外文化交流。

张弛那时经常接待美国、日本剧团的演出。1986年，日本俳优座剧团来华演出话剧《四川好人》，轰动一时，张弛负责给主演栗原小卷当翻译。

张弛说："我那会儿当翻译的时候非常累，就连吃饭都老要说话，外宾老让你翻译，就是因为你会说外语，尤其不懂中文的外国人什么都好奇，永远有问不完的问题。后来我不做翻译了，再碰到外国人，一般情况下我就假装不懂外语，否则又得说个不停。"

张弛说，当年他还当过郑绪岚的外语教师，记忆深刻的是有一次郑绪岚穿着睡衣上课。

中国剧协下面有一个中国文化艺术旅行社，张弛加入其中，被派到西藏旅游外事局，任翻译兼导游。张弛怀揣一本《百慕大三角之谜》就奔了拉萨。

什么珠峰大本营、樟本口岸、纳木错等令山野爱好者炫耀的地方，都被张弛跑了一溜够。幸好，那时他还是个瘦子。

一次，张弛在定日带一个德国团。半夜，一个团员因高原不适突发心脏病。可医院早已关门，张弛也慌了：千万不能让他死在我手里啊。张弛挨家挨户去敲门，终于敲出一位兽医，人家说我只会给牲口看病。张弛说："外国人身体好得都跟牲口似的，你药量减半就是了。"兽医用针头打进了兽用药，那老外缓过来了。人家是死马当活马医，张弛来了个活人当活马医。

还有一次，张弛和同事去樟木口岸接一个丹麦团，赶上大雪，弃车步行，海拔降低后，又进了蚂蟥林。未吸血的蚂蟥在树叶上很细小，有一只跳到了同事头发里，晚上那同事觉得头皮痒，一挠，挠下一条食指粗的黯红蚂蟥，一踩，叭！炸了一地血。

说到血，山南地区盛产朱砂，血红一般。张弛曾带一对外国夫妇去那里旅行，在产朱砂的岩壁上刮敲下不少朱砂。老外很兴奋，也付出了过多的体力劳动。晚间，那女老外忽然大出血，张弛赶紧叫车送去医院。医生询问情况，张弛除了翻译那男老外的话外，还跟大夫说，可能是她朱砂装得太多了。

还有一次，张弛和旅游团被困在樟木与嘉措拉的雪山上，眼看山谷黑了，温度骤降。危急时刻，解放军终于出现在远处的山坡上，金珠玛咪来救他们了。张弛当时就给亲人唱了一曲《金珠玛咪亚古都》。至今，张弛在酒桌上还有跳西藏舞、唱西藏歌的习惯。

张弛 24 岁时，在《拉萨晚报》上发表了一篇小说《乐乐和贝贝下山时的一段对话》，在西藏引起反响。

张弛是在西藏开始喜欢上古董的。一开始，他在八角街转，喜欢那儿的老唐卡、老象牙，还有镀金的法器。有一次他看上一个老象牙，钱不够就回房间拿，但下午回去的时候，那个象牙已被人买走，这一下刺激了张弛的购买欲望。

回到北京后，张弛在琉璃厂和平门饭店后面开过一家叫紫珍阁的古玩店，卖过李可染、庞薰琹的册页。每天柜上赚到的流水，都会变成张弛和朋友们的一顿晚餐，张弛大手大脚挥霍的习惯就是那时养成的。

那是张弛的风光岁月,他经常一手举着大哥大,一手拿着蛇皮袋去秀水街倒外汇。为此,他包过饭店,也进过局子。

张弛那时还在民族文化宫给版画家曹琼德办过画展,也办过纪念凡·高逝世 100 周年的画展,因此结识了刘晓东、俞红夫妇,因为那个画展几乎都是他俩的画,他们是来救场的。

04 《幸存者》的日子

1988年,芒克、唐晓渡、杨炼(人称"劲松三杰")在北京创立了"幸存者诗人俱乐部",并发行《幸存者》诗刊。俱乐部汇集了食指、北岛、芒克、多多、杨炼、唐晓渡、王家新、林莽、一平、西川、海子、黑大春、雪迪、大仙、刑天、张弛、维维、镂克、莫非、童蔚、张真等多位在诗坛具有影响力的成员。唐晓渡在当年的发刊词中写道:

> 幸存者指那些有能力拒绝和超越死亡的人;幸存者不同于苟活者,这无须论证;但也不同于反抗者;幸存者是从反抗者止步的地方起步的,诗人就是那些通过语言进行自我选择和自我创造的幸存者……

张弛早年在东局

那是一个诗歌的黄金岁月。诗歌带着使命，也带着心碎，无声地滑向世纪末，标志着 80 年代辉煌的诗歌吟唱行将结束。一个貌似繁华、实为浮躁的功利社会席卷而来，排山倒海的商业大潮很快就淹没了诗歌忧伤的韵脚。

张弛不仅参与到幸存者活动之中，还资助了幸存者第一次朗诵会的节目单印制，筹划了 1989 年底纪念海子的诗歌朗诵会，甚至张弛家还成了幸存者聚会的据点。

海子临死前参加的幸存者最后一次聚会，是在王家新家里——位于西单亨得利钟表店后面的一个四合院。那时在座的有多多、大仙、雪迪、刑天、唐晓渡、海子、西川、李大卫、童蔚、沈睿、莫非、张弛、黑大春等。

那天，海子朗诵了他的太阳组诗，被多多批判，很尖刻的批判。刑天、雪迪在一边为他辩护，海子当时很郁闷。

海子到底是怎么死的？有人说是为情自杀，有人说是练气功走火入魔，还有人说是因为遭到批评导致自杀。刑天在知乎上说：

> 我知道他死亡的消息，是收到幸存者的刊物，他的名字被打上了黑框。因为刊物印刷是张弛负责，所以我和唐晓渡开始都认为是张弛的恶作剧，后来刘卫

国——老木告诉我们,真的自杀了。为此,多多还很内疚。

芒克也经常在劲松的家里呼朋唤友,也有许多故事在那里发生。他说,有一次在他家喝酒,喝到一半,张弛和在座的一个姑娘吵了起来,张弛拂袖而去,但下楼后开始在楼下狂喊姑娘名字不止,而且是歇一段喊几嗓子,直到夜深人静,搞得楼上的几位喝得心惊肉跳,芒克只好把姑娘打发走了。

北岛曾和我讲过一个张弛著名的段子:有一次,张弛和多多在芒克家喝酒,不知因为什么事两人吵了起来,张弛的某句话把多多惹毛了,多多非要拉着张弛一起跳楼,芒克家好像是八层还是九层,多多号称要先跳,吓得张弛满屋子乱窜,一屋子人连忙拦着他们。

张弛说,他有次去芒克家搓麻,去的时候别人送了他两条好烟,临进门前,他把烟藏在芒克家门口楼道的电表箱里,后半夜他一个人先撤时,发现电表箱里是空的……

05　《边缘》人

张弛在《我们办〈边缘〉》一文中写道:

1990年的一天,我和黄燎原约好在外语学院旁边的乡村啤酒屋吃饭。啤酒屋从外面看是用柏树皮贴成的,就是说刨去饭费我们得附一份树皮钱。记得10年前我在外院上学时,这儿还是一家自行车修理铺。

黄燎原穿着对襟衫,军挎左肩右斜。头两次见他也是这打扮。我问他是不是为了怀旧,他说不是。他告诉我这样的蓝布衫他一共有三件。

谈到写诗,我们觉得应该有一本不同于其他刊物的诗刊,它既没有明确的艺术主张,也没有任何固定人员。管它叫诗刊,仅仅因为它与诗有关。我们一边喝着啤酒,一边尝着古拉什牛肉,事儿就这么定了下来。那天晚上，谁也没再提这事儿，可谁也没认为这件事说完就完了。

据黄燎原讲，当西川听说本刊物要用羊皮纸做封面时说："很长时间没看到羊皮封面了。"当时他心里肯定想到《伊利亚特》或《古兰经》。即使他没这么想，也不会怪我的，因为羊皮纸本身就是个传说。

说到刊物名称，张弛最初在英文字典里找了5个词可供挑选。童蔚主张干脆就叫"操作"，此前大仙想办《指纹》，张弛、李大卫、田晓青拟办一本综合性刊物《选择》。最后还是叫了《边缘》。

张弛说，《边缘》第一期从筹划到出刊才用了20天，而办刊的想法若有若无地已经伴随我们多年。按李大卫的话说，就是"指导精神和物质消费，最终取消两者的界限"。

《边缘》的作者同样大名鼎鼎：食指、邹静之、童蔚、西川、老猫、唐大年、黄燎原、唐亚平、大仙、虹影、孟浪、王家新、娜日斯、黄凡、海子、一平、方文、张弛、李大卫等。《边缘》第一期发表了狗子的小说《刘明》，那是他第一次署名"狗子"。

张弛在文章中讲:

> 李大卫在我们这群人中最具学者气质,各种异端邪说在他那里都能找出佐证。同时他人长得挺帅,是公认的大陆诗坛的秦汉,而他的那只爱猫长得极像潘安。时隔不久,唐大年和方文也参加进来了,唐大年一直搞电影,他的诗也特别直观,必须用肉眼去看。方文写诗大多是为了与上海的女友酬赋赠答,平时全扔在抽屉里。他在一家作协的刊物当编辑,白天上班,回家后才有空编校《边缘》的稿件。

张弛说,他印象最深的是两个给《边缘》画插图的,一个是老孔(孔永谦),住在新街口三不老胡同政协的家属院儿里。老孔脑子里充满了奇思妙想,那些插图是一打 A4 纸,全是一些夸张变形的五官。原来是老孔把自己的脸贴在复印机上打印出来的。后来老孔大火,是因为做文化衫。什么"点儿背不能怪社会,命苦不能怨政府""别理我,烦着呢"之类的调侃,全都出自老孔之手。

另一个给《边缘》画插图的叫老谭,是当年张弛上学时一到周末就去军艺找跳舞的女孩。老谭也认识梁和平,张弛是在梁和平家里第一次听到崔健的歌,说当时感觉有些不知所措。

童蔚给我发私信,回忆张弛办《边缘》:

诗人有多种划分方式,其中之一是行动派诗人和书呆子诗人(说好听点是书斋式的)。但行动派的有可能阅读更多,他们凸显了策划与行动力。张弛和黄燎原就是这样的人,他们从那时起,就展开了一系列独创活动,也都经历了各种文化跨界。

我只记得,那些年投稿还是手写,也不知稿件是怎样寄给《边缘》的,完全没印象了,也不记得张弛如何给了我那几本油印的《边缘》。但我隐约记得,那个时期,也是张弛醉心美国诗人约翰·阿胥伯莱(John Ashbury)的日子,他翻译了一组,发表在当时著名的刊物上(当然,由于那时外国文学刊物极少,所以都是著名的)。

有一次我们走在复兴路上,离我单位比较近,我穿一件风衣,张弛聊起美国很红的电影明星梅丽尔·斯特里普,的确我也非常喜爱这位演技派女演员,我们就说起她演的《苏菲的选择》《猎鹿人》。那时期的张弛就像后来出现在"老照片"上的,还是消瘦的文青。他和大仙及其他人不同的地方是他喜欢以说俏皮话的方式谈论文化,当然要说这方面李大卫可是重量级的"知识"胃口。也许因为我不是行动派,也许因为不够敏感,但当张弛和黄燎原提出办《边缘》时,我觉得这个观念很有意思,我有所感悟。

在《边缘》上发表的小说《夜行动物馆》,是张弛的成名作,它奠定了张弛的魔幻话风,特别是小段落的叙述习惯:

事隔多年的一天夜里,她突然一把搂住我,说咱俩一起死吧。她的发卡里的两个玻璃球转个不停。她的脸因贴近我而变形。

我把这事说给W,他慢慢把冲着他的壶嘴变了个方向:

"别急于马上离开她,而要让她收回成命。"

"这回该轮到我倒霉了。"他又说。

假如那天S不是坐在我旁边,没告诉我她等的人不会来了,后来又说那天其实她谁也没等,我和W趁撒尿的功夫逾墙而逃时,W也许不会把脚扭伤了。

"我是不是很坏?"

她爱我,生怕我离开她。我们都生活在恐惧之中。

"我是不是很坏?"这话是说的张弛还是男人,似乎无所谓了。因为"她爱我,生怕我离开她。我们都生活在恐惧之中。"

06 《北京病人》

张弛写过很多很有创意的广告语,如:"喝酒必汾,汾酒必喝";"群众的眼睛是雪亮的,群众的眼镜也是雪亮的";"锦鲤在紧里面";"我的Vodka(伏特加),在二环路的里边"等等。他的小说也是精华的便条集。

2000年这一年,在文坛转悠了近20年之后,张弛一气出了5本书,还顺势拍了3部影视剧,他觉得堵了太久的下水道突然疏通了。但这种疏通不是没有代价的:本来顶多凝练出一篇短篇的《北京病人》被写成了中篇,又注水成长篇,有点短裤改西服的尴尬。张弛发现,20岁时希望在30岁实现的梦想,统统晚到了十年,但一核算,20年来,段子一样的生活,也值了。

张弛在微信里和我谈到《北京病人》的创作初衷时说:

第一，我一直喜欢笔记体小说，就是那种零零散散地写一些逸闻趣事，

我不太喜欢那种有故事主线、情节完整的小说，我那个时候就不太喜欢那种叙事风格，因为那种叙事，事先通过构思就可以完成，人为的因素太多，对于我来说，并没有意思。《北京病人》这种写法，看似简单，写了一些有意思的事情，实际上它就像散点透视一样，需要把控的空间更大，难度也更大。所以我的写作不是线状的，而是散点的。

第二，我写这些人，都是按照那个写神话的方法和笔法来写的，因为日常生活实际上就是乏善可陈，然后我把它放到一个神话里，变得七零八落。

第三，我带给读者的阅读习惯是短。我的写作是缺乏耐心的，我希望能培养出一批缺乏耐心的读者。我不会兜一个圈子去描述一件事，更不会去设置什么悬念，我喜欢上来就把结局说出来。这种写作困难很大，因为上来你就把结局说出来了，下面你怎么写？很多人说《我们都去海拉尔》和《北京病人》看着不像长篇小说，这种观点从西方文学的角度来说是对的，但从东方文学的角度来说则未必。东方文学就是笔记

体的东西,我不是头一个这么写的。

其实,在我写作此书时,张弛也劝我,不要太写实,要有点想象,甚至是妖怪故事。我说,我这不是文学作品,只是你们三位的纪实和档案。何况你们三位大爷本身就够神仙和妖怪的了,就省点我的想象力吧。

我经常拿阿坚、狗子、张弛三人的文本做比较:阿坚写实如日记,虽有些主题性变化和知识储备,却经不住写作态度的彻底颓废和去文本化;狗子有力度,越来越写实,但主题太狭窄,只写自己喝酒的事,有点黔驴技穷;张弛文学性最强,虽然也写实,但变换花样,稀奇古怪。

我最早是在《大家》杂志上看见的《北京病人》,当时我还不认识书中这些人,只是感觉张弛写的充满荒诞和意识流。其实,他是将社会现实妖魔化,怪故事因此比比皆是:

> 老康是那种轻易不服输的人,他想起小妖怪说过,她姥爷解放前是银行家,在上海有好几处花园洋房,便说我陪你到上海找你姥爷去吧。他知道小妖怪往下会编什么样的故事。果然,小妖怪顺着老康的话茬,

说我不是告诉过你吗,我是我妈和别的男人生的私生女,姥爷一怒之下,跟我妈断绝了关系。要知道我妈是我姥爷唯一的孩子,姥爷死的时候,一分钱财产都没让我妈继承,全给了一个养了好多年的名叫老康的狗。我来北京的目的,不是为了找你,而是为了找我的生身父亲。因为我的继父脾气太坏,他当过建筑工人,动不动就威胁我要把我砌在墙里。

张弛说:"我觉得其实人在两种情况下是最有语言天赋的,一种是喝醉了,一种是在梦里,我曾经就在梦里说过很多外语。"2020 年,张弛写了一篇专门记录梦的文章《庚子述梦录》,字里行间充满着昔日的情感,他很满意:

当我又一次来到郊外,是想找一大块荒地,在上面种各种各样的草,长成后把它们修剪成草书的形状(简单说,就是用种草代替书法)。然后我还会把这些草料做成纸张,最后装订成 100 本名叫《草书》的册子。而种草的经过,就是这本小册子的内容。

有一回我梦到给法国人当翻译,因为我在大学第二外语学的是法语。那天他们一共来了五六个人,好像是来中国考察戏剧的。本来说是法国总统要来（他也是戏剧爱好者），但因故临时取消了，在场的人都有些失望。关键是我的法语基本上都忘光了，但居然被我糊弄过去了。那几个法国人衣着得体，很有礼貌。后来我总结，人的语言天赋主要表现在两个场合，一个是梦中，一个是酒后。

但昨晚的梦比较奇怪，好像我是在跟别人吵架。出门前我看云彩的形状，就知道包子快蒸好了。走到半路，迎面走来两个士兵。两人都是正步，但一个甩手一个不甩，这让我想起我和狗子（他比以前更厌世了）。

有一次梦到老唐心情不好，从他家往楼下扔酒瓶。还梦到跟阿坚握手，阿坚的身上有静电，我的胳膊被电得不轻。阿坚笑道：装。于是，我俩换成左手又握了一次。但是就是这次握手，把我一件收藏多年的汉代陶俑给碰倒了。那天夜里，我有些发烧，人在发烧或者被蚊子叮的时候，做的梦是乱的，一茬接一茬，如头脑风暴。

07　像《我们都去海拉尔》一样破碎的小说

临近世纪末的时候，狗子把张弛带到我面前。一开始，我对张弛并没什么好感，特别是他习惯在饭后 AA 制收钱，让我不舒服。可以说，后来西局饭局中谁请客谁结账的习惯，还是我最早实行开的。

2002 年，张弛因腿骨折住进医院，我和狗子去看他。张弛拄着拐，只见他病床上有一堆小纸条，上面用圆珠笔密密麻麻写满了一堆行书字，说是正在创作的一部小说。不知道那些手稿如今在哪？

简宁的图书公司很快出版了张弛的这部小说《我们都去海拉尔》，还在后现代城举办了小说的朗诵会。他让我写篇书评，我写了《张弛的海拉尔》一文在报上发表。

张弛叙叙叨叨地白活他身边一帮哥们（也叫"北京病人"）的乱七八糟的破事（也叫文人市井），当然主要是酒桌饭局上的事。书中写了一大堆有名有姓的人，明眼人一看便可认出来谁是谁。因为张弛基本上都是用真名，尽管他把人家的名字随便加了许多字，就连他自己的名字也成了"文武之道一张一弛文不能定国武不能安邦"这么长的一句，而爸爸、妈妈也成了"爸爸爸爸爸爸爸""妈妈妈妈妈妈"，我数了数，书中一共写了有名有姓的人物六十二个，这样一来，无形中全书就加了许多字数，我想怎么也得占"五分之一"吧。而且，这种人为拉长语言的动态，使小说更加富有意外的节奏。

书中人物的名字虽说有点乱，但一个个活灵活现，特别是那些当着他们的面不好说不敢说的话全变成了"小说语言"，透着一种真实，而且不留情面。有点自嘲有点无赖有点大智若愚有点装傻充愣。有人说这是黑色幽默，我说这是阴坏。张弛挤兑得最狠的人是黄色可以燎原：

> 他买了辆捷达，到哪儿都把车钥匙掏出来放在桌上，要画我就把他画成一把钥匙，一把万能的钥匙。前不久黄色可以燎原出了一本书，叫《打一巴掌揉三揉》。我翻开一看，里面讲的全是他认识哪些人，掺和过哪些事，精力够充沛的，说句奉承他的话，我认为

这些事情分开来做,可以同时摊在一万个人的身上。

张弛就着说撒泡尿赵赵又骂上了小资作家,"她们自以为在时尚中浸淫很深,实际上不过是浪得虚名。因为她们被各种流行词汇包裹得过于严实,一旦说到自己时,她们要么不说,要么狂往脸上贴金",接着又把撒泡尿赵赵比作八大山人。同样,张弛借唐大粘糖之口说伊贱人"骨子里是个小姿,愤怒不过是她的姿态,是假象。她比任何一个女作家都追求情调",张弛都没敢说这是自己说的。

张弛对自己老婆老鸭也不留情,但时常夹杂着魔幻,让人眼花缭乱:

> 得知唐大粘糖他们要来,李老鸭挺的赶紧把水果和饮料都藏了起来,只给他们准备了开水和哈喇的瓜子。刚伪装好现场,他们就进来了。为了给他们制造视觉效果,我让李老鸭挺的把轮椅推到走廊,这样,他们一进门就可以看到我在迎接他们。唐大粘糖和杨老颓独占杨葵在我家很随便,坐得横七竖八的。撒泡尿赵赵是第一次到我们家,所以显得有些拘谨。值得一提的是,刚才唐大粘糖和杨老颓独占杨葵进门时,

撒泡尿赵赵还没到。唐大粘糖说她不想开车，而是想从安定门飞过来。我也听说最近撒泡尿赵赵发明了一种旋翼飞机，可从没见过什么样子。正说着，撒泡尿赵赵落在我们家阳台上了。

张弛说到狗子时，也要魔幻一把：

  还有一种说法，说贾新生力量栩栩如生走哪儿都坐着一个爬犁。我怀疑这些消息的真实性。因为我太了解贾新生力量栩栩如生了，他什么都不怕，就怕狗。有一次在南方，他被一只狗追进一个汽车加油站，贾新生力量栩栩如生胡乱给自己加了点儿油，才从后门跑掉。在确定自己不会被追上后，贾新生力量栩栩如生回头望去，那只狗仍守在加油站门口。

张弛写阿坚在瓦片上写字，赋予了出奇的想象力：

  贾新生力量栩栩如生说阿富汗奸细送给他一大堆瓦片，家里已经快放不下了。多拿回去几次，大概就能用它们再盖一间瓦房。平心而论，那些瓦片很普通，品相也一般，但我不愿像贾新生力量栩栩如生那样扫阿富汗奸细的兴，所以便把阿富汗奸细的瓦片收下了。阿富汗奸细问我题什么字，我想了想说，就写三天不打上房揭瓦吧。顺便交代一句，我本以为阿富汗奸细好书法，走哪儿都带着笔墨。后来才知道，这笔墨是饭馆里抄菜谱用的。阿富汗奸细每去一次，餐馆里的一得阁墨汁就少去多半瓶。餐馆为节省墨钱，又不得罪老主顾，不得不想了个万全之策。她们在脸盆里养了一只墨斗鱼，每次阿富汗奸细要写字，就用墨斗鱼喷出来的墨。

可以说，《我们都去海拉尔》是张弛的一部巅峰之作，他在小说的结尾自说自话：

> 我从头到尾在说他们的坏话，这丝毫不能说明我不近人情。这是我的性格决定的，别看我有时滔滔不绝，像个人来疯，关键时刻却羞于表达。我渴望取悦于人、引人注目并教育他人，使自己成为一个预言者，一个目击者，一个醒世的丑角。

在张弛不愠不火不紧不慢的叙述中，折叠着种种不可掩饰的嘴脸，揭示了入木三分的形象。谁比谁傻呀，张弛这个老顽童都明白的事，我们还不知道自己怎么回事吗？

张弛在《关于我们都去海拉尔》一文中说：

> 如果继续探讨这个问题，只能让我说车轱辘话。但生活中发生的事情，往往总是在互相转嫁。比如在我生病的时候，写作是为了消磨时光。病愈后再写，就变成了新的折磨，因为身体情况允许了，我必须出去走动，写作对我而言，则变得比较次要。而走动的结果，又不外乎是把身体累坏了，并且给下次写作带来新的内容。所以，在我看来，很多作家都是精神意义上的嗜痂癖，他们心灵上的伤口永远不会愈合。

张弛说，他在中学时代就有写日记的习惯，因为怕父母偷看，后来就不记了。去年他在家养病，又把这习惯捡起来了。但他是个性急之人，经常在头一天就把第二天的事给记了，这无异于把生命也给预支了。但这也让张弛的文字充满预见性，或许这就是小说的意义。

08 像贯口一样的散文

来自沈阳的张弛，写着写着就成了"京味作家"。张弛一直对文字有一种强迫症，他与大仙、石康、狗子、丁天形成了一种新京味风格。有人说，把小说"写出声"来的，前面有一个老舍，后面就张弛了。

狗子在《迷途》中评论过张弛的文笔：

老弛应算个老作家了，是从朦胧诗时代过来的，在中国当代文坛，这个说法类似于说此人是爬雪山过草地的老红军。许多老红军最后都变成了老农，老弛不甘心落得这个下场，所以这些年一直在折腾，写诗写小说之余，开过公司，当过导游，还做过演员。

我觉得，老弛如果生活在春秋战国时代，大概会是门客一类的鸡鸣狗盗之徒，他的唯一本事似乎就是插科打诨,他永远是"列席",他天生边缘。

老弛生不逢时,如今这年代,他能列席的也就剩酒桌了,按他自己的话说:"现在能做的事情能聊的话题很少,似乎就剩下吃了。"

在酒桌上,曾有编辑为老弛可惜,说终于明白你为什么写的少了,说你的才华全浪费在酒桌上了,老弛说,哥们这儿才华瘀了,谁要我匀谁点。

这些年,对于老弛的做人和文章我一直有一种剑走偏锋的怪异之感,那感觉凌空而至,或让你耳目一新或让你不明所以,或让你手足无措或让你只想跟丫翻脸……

其实,张弛青睐啪嗒主义,还出过一本相关的书,我老是感觉他头脑里转动的都是带翅膀的虫子。

张弛有次编作家随笔集,出书后,出版公司以缺少约定的王朔为由,拒绝支付稿酬。张弛说,那天正是圣诞夜,漫天大雪,他像杨白劳一样,到法院和出版公司打官司。胜诉后,出版公司不执行,还玩消失。但一个意外的电话,让张弛知道了公司地址,在法警的协助下,张弛终于拿到了稿费。

09　将诗歌进行到底

我敢肯定地说,几乎所有的写作者最开始都是由诗歌出发的。就像人的青春都是由怀春开始的,文学也是由诗歌开始的。

四十年前,张弛开始正经写诗。如他所说,"四十年的积蓄",那点激情,今天是否还能喷射?当年办《边缘》,张弛只写诗,笔名"白喉",一种可怕的传染病。

后来,张弛主要写小说,再后来写随笔,写剧本。张弛总是编排挤兑身边的诗人,却夸写小说的狗子保持了从不写诗的状态。

其实,张弛断断续续一直在写诗,只是以前没微信,大家不容易发现。张弛在自己准备印制的诗集后记中说:

后来所以少写甚至不写,完全是为了印证自己曾说过的一句狂话：好诗的数量是有限的，写一首就少一首。后来发现，不管写多写少，都很正常。一日为诗人，终身为诗人。这贼气不容易去掉。

张弛写于 1981 年 9 月的《圆明园》，是我目前读到的他最早的诗作：

> 第二次焚烧你的是一伙诗人
> 和你的农民大哥，自从那天
> 长着蓝眼睛的大兵
> 溜溜达达地出了村子
> ——问题不在于
> 他们只留下了笔和锄头
> 而在于笔给了农民大哥
> 锄头却被诗人扛走了

从诗中可以明显发现张弛在骨子里对诗人的敌视。"笔给了农民大哥，锄头却被诗人扛走了。"张弛的调皮和犯坏，不仅是乐于看诗人笑话，更体现在他一贯把玩的"叙述的意外性"。

张弛写于 1984 年的《作品》，可以说是他写于 1990 年的小说《夜行动物馆》的前奏：

> 一反往日的矜持，你
>
> 良久注视着河水
>
> 河水的困劲儿
>
> 过去了，水面上浮出
>
> 大马哈鱼的脊背
>
> （它老远便认出了你）
>
> 你顿时觉得自己的
>
> 脊背有些潮湿

看似意外的"潮湿"的通感，甚至符合生物学原理。

"语不惊人死不休"是诗歌写作的命根子。没这点本事，你还真写不了诗，这不是可以训练出来的。在这点上，阿坚、狗子彻头彻尾的写实法，在诗歌写作上就有着阻碍的命门。而张弛那平平淡淡的叙述，在结局中的转化，充满魔幻，比如《阳历年》：

> 过去的日子频频回眸

眼药脱销琵琶脱销

（波斯公主连夜潜逃）

围巾脱销肥皂脱销

狗拉着雪橇脱销

最冷的雪花

被裱在南方人的冰棍纸上

"最冷的雪花被裱在南方人的冰棍纸上。"地域、物理上的差异，让意想不到更加合理，这是诗歌语言的秘密。有的看似平淡，但在诗歌里就变了味道，比如《饺子》：

乌云笼罩在饺子馆的上空

也笼罩在我的心头

中午吃了半斤饺子

（猪肉大葱馅的）

到现在还没消化

同样，下面这首《音乐会》，也是意外的结尾，很有画面感：

小提琴锯断了

一节节木头

的音符,圆号的

喉咙

崩满铜锈

麦克风在电镀

歌声,指挥

晾干了最后

一件演出服

骨碌碌——

乐池里滚进

一个汽水瓶

所有的女孩都

瞅了一眼

她们的男朋友

　　张弛的视觉肯定是另类的,他的发现,总有一条是精神层面的。《倒塌》一诗,让我想起埃舍尔的版画:"盖一栋倒塌的楼房";"人往前走时会以为是在爬楼";"他们直立时其实是在悬着"。荒诞的戏剧性,在张弛的写作中无处不在。这也是张弛面对日常生活的颠三倒四,能够游刃有余的原因。

在写于2009年的《黄没戏》中有这样一段:

> 一只仙鹤停在云中不动
> 一朵花不红照样开了
> 七个仙女只凑够了
> 四个,四天的旅行

一、一、七、四、四,诗中的数字,总是有魔力的。在这点上,诗人叶舟、西川也有过如此的经验。说到别的诗人,张弛很少在诗人里站队,他当然有自己的判断。他一贯是玩自己的,在语言的荒诞性上乐不可支:"演员演完戏回家,我却在剧场死去";"拉开电灯,墙壁上起了一层鸡皮疙瘩";"一个孩子站在田里,就像一个成人被黄土埋了半截"。

张弛诗歌里的电影感也是如此熟来熟往,《三八妇女节》为他日后的电影《进入进出》埋下了伏笔:

> 今天是三八妇女节

窗外的云，显得

格外贤惠，我

想起母亲和姐姐

（她已经有了一个孩子）

我想到开火车的

一定是个女司机

她正在放慢速度

而这一天，也正在缓缓地从铁轨上挣脱出去

张弛在诗歌中讲究言说的音乐性，这让我对张弛最近热衷音乐才不感觉突兀。《次旋律》有着摇滚风的节奏：

一发炮弹在我的身边爆炸

把我兜里的巧克力溶化

几个路人躲到刺刀下

显然是受到意外惊吓

花圃里面没有一朵鲜花

泼出去的水又收回去了

如花的闺女闹着离家

为的是跟大部队一起出发

　　依依依　呀呀呀
　　嘣嘣嘣　吧吧吧
　　这样的日子
　　这样的世道

有的诗就直接命名为歌词，如1998年的《坦白（歌词）》：

　　一个人在默默地向我走来
　　一朵花在阳光中无声盛开
　　一把枪冷不丁抵住我的脑袋
　　一个声音问我爱她不爱
　　一阵风把天上的鸟儿吹歪
　　一颗心由欢乐变得悲哀
　　一句话始终没有说出来
　　这样的生活教我无法忍耐
　　哦，坦白，让我坦白交代

写于 2020 年 8 月的《歌词：鲁迅》，还有外一首，是张弛最新的诗作：

> 他长着一头怒发
>
> 他穿着一件长袍
>
> 他是彷徨的旗手
>
> 他也食人间烟火
>
> 有人说他的脾气很大
>
> 那是他得了肺结核
>
> 有人说他的疑心太重
>
> 那是他看到的黑暗太多
>
> 他的目光很冷
>
> 他的血却很热
>
> 他有一些朋友
>
> 却也历尽孤独
>
> 副歌：
> 躲进小楼成一统
> 管它春夏与秋冬

还有《装修队进楼（歌词）》，杂乱的声音，夹杂着杂乱的情绪：

> 自打疫情结束后
>
> 装修队就扛着家伙进了楼
>
> 他们一天到晚不停地凿
>
> 电钻一响更是把那大筋抽
>
> 精神不好的当场犯了病
>
> （念白：比如邻居家的女儿）
>
> 男女老幼躲到山里头
>
> 原本盼来了好生活
>
> 想不到它比病毒更折磨
>
> 我钻钻钻
>
> 我凿凿凿
>
> 我拆了东墙补西墙
>
> 回过头又把那个东墙补
>
> 卧室变厨房呦
>
> 厨房变厕所
>
> 都是为了这幸福的节奏
>
> （吵架声，做爱声，摔盆摔碗声，冲马桶声。

间歇性地伴着凿击声,电钻声)

啊······

叮叮叮叮叮叮叮

咚咚咚咚咚咚咚

都是为了这幸福的节奏

女声念白:

宝宝莫生气,你是妈妈的开心果

男声甲念白:

噫,兄弟你去哪儿,等一等,别把我落下

男声乙念白:

骄阳似火,你说我能去哪儿

  张弛在诗里不仅有"副歌""念白",还有"合唱",他对效果总是有着强烈的预想。如2007年的《脆骨》:

我冒着大雨去吃

落汤鸡的脆骨

却被告知

促销活动已经结束

> 这让我想起昨天夜里
>
> 做过的一个怪梦
>
> 两张单人床
>
> 在黑暗中并排空着
>
> 我居然当着大家哭出了声
>
> 以为就此找到了一生的幸福
>
>
> 合唱：
>
> 啊～
>
> 那些没了脆骨的鸡到哪里去了

张弛诗歌中的语言游戏，在他那里似乎已是雕虫小技。如2014年的《呼和浩特》：

> 呼和浩特
>
> 是两个好朋友
>
> 今年夏天，他俩
>
> 决定去呼和浩特旅游

再如2017年的《府右街》：

一个交警

在府右街上

来回走

来走

回回

走来

(这几行竖着读)

当一个交警

在府右街上

来回走的时候

过往的出租

都不敢停

张弛打算将自己的诗集命名为《大事记》。其实,张弛是反大事的,如同拒绝宏大叙事,他在诗里极少写到爱情和美,他与这些诗应有的内容背道而驰。2015年的《大事记》,是他进入写诗新时期的代表作:

小区超市试营业
卖烟的服务员

原来是收破烂的(女)

狗不理厨师
躲在卫生间抽烟
被我撞见,他
迅速把烟掐灭

两个诸侯国因
妇女采摘桑叶打仗
当然,这是在古代
国君们还要靠自己养鸡
犒劳前方的将士

还有一些大事,只能意会,不可言传。比如《幻觉》:

生活中有很多东西看似偶然
特别是在春天
从没跑过离城这么远
从没登过这么高的楼
从没见过这么多的云

从没见过山被压得那么低

从来没有跟所爱的人

如此接近

特别是在凌晨

就在一周之前

出现了成团的柳絮

在四天之前

出现了绿荫

三天之前

降下了沙尘

两天之前

发现家里有了蚊子

——当时已是半夜

它跟困意一起袭来

它飞翔的声音如同幻觉

　　诗歌在张弛那里都不是什么大事,因为没有什么是经得住考验的。

10 热衷于《西红柿炒自己》

张弛因为拍过胃动力电视广告,因此胃口特别好。经常能在各种报纸里看到张弛写的美食专栏,或者在电视台访谈节目中大谈吃喝。对于张弛来说,谈吃喝,就是谈态度;谈美食,就是谈人际关系。

几年下来,张弛出版了一系列作家食谱《西红柿炒自己》《醋也酷》《北京饭局》《素食有素质》《我的名字叫chi》等。这些书摆上桌,够凑齐一桌满汉全席了。

张弛近年越发胖了起来,阿坚管他叫"张胖",这不知是否和吃有关。

张弛能吃,不能饿着。有时在奔饭局的路上,路过什么粥店、面店,他还要下车先垫巴一点。在饭局上,经常见他把所有的菜都先夹一点,存在自己的餐盘里,叠得老高,好像生怕一会儿就吃不上了。很多时候,饭局结束,张弛还要换地儿,再加一顿夜宵。

张弛和大多数老饕一样,基本上没忌口,能入口的都想尝尝,"除了臭豆腐"。

张弛有自己的偏好:比如喜欢吃素淡的,因为吃太多荤腥会觉得腻;比如喜欢吃软一点的,他说自己牙口不好;还迷恋吃生的,比如生蚝、生鱼片。

在张弛眼中,美食本身没有贵贱。那年我们去他东北老家,张弛一下就喜欢上了那里的豆腐,因为是卤水点的,所以特别筋道。在东北吃鱼头炖豆腐,他只挑豆腐吃,回来的时候还特意带了豆腐皮下酒,路上怕坏了,便把豆腐皮缠在冰冻的矿泉水瓶上。

张弛去外地,习惯拣着民间的小吃张罗。比如去浙江青田,那里的岩蛙味道不错,记住它是因为当地人说岩蛙可以打败蛇;比如去江苏徐州,他对"双快一慢"感兴趣,据说某某大人物非常喜欢吃,而这道菜不过是把两只兔子和一只乌龟一起炖。

张弛对很多人的"养生之道"颇不以为然。他说,"养生"都是老年人的事情,他正值壮年,先要忙着"毁生"。

张弛说,很多人都讲究"酒要微醺,饱要七分",但是微醺对自己来说实在难以把握;而七分饱也是远远不够的,他一定要吃到饱,甚至吃到撑,"这样才有温饱的感觉"。他要家里的冰箱常备有牛排、鸡蛋、黄油,以做牛排之用。"不吃饱了,睡不踏实。"

张弛说:"我是前饭局明星,而现在的饭局明星是狗子。"他对饭局的理解就是"吃人"。每次奔赴饭局前,他都要看看"人谱",吃喝的人看着舒服,就无所谓在哪里吃了。张弛相信能吃是福,又相信不花钱(有人买单)能吃更是福。

我觉得中国老一辈作家几乎都是美食家,到张弛、狗子、车前子、杨葵、唐大年、老猫这拨,也都是讲究吃的。他们热衷于写美食文章,也善于自己做菜。

张弛经常在微信上晒自己在家做菜的图片,他有自己的绝活,评头品足地显摆。就是做一包方便面,他也会先炒个西红柿,最后加个鸡蛋。《西红柿炒自己》是张弛的第一部美食书,他在书里解释:

> 据说西红柿炒自己这种提法源自误判,东北人本来把它念成西红柿炒鸡子儿,即西红柿炒鸡蛋的意思。不懂东北话的,自然按这话的谐音去理解。作为一个地道的东北人,我听了这个很难过,觉得全国人民总

不愿意错过拿东北人开涮的机会。关于西红柿炒自己的另一个出处，则跟地域无关——说的是几个客人到餐馆吃饭，点了一份西红柿炒鸡蛋，但菜上来后发现里面鸡蛋太少，几乎看不出来，西红柿炒鸡子儿遂变成西红柿炒自己。不管是哪种说法，我觉得都很有想象力，很适合作为这本作家食谱的书名。因为这本书的本意，不是讲如何做菜，而是发掘人与烹饪的关系。在我看来，这种关系怎么强调都不过分。在各地市，这正是另一个意义中的与食俱进。而单纯就吃这件事而言，再怎么文化，也不是正经学问。在这本书里，不光有菜谱，还有酒、餐馆及食客。它既是一缕袅袅上升的人间烟火，也是中国作家们第一次集体对生活表态。

张弛在外地转寺庙，也不放过吃饭的机会。有一年他去南岳古镇东街上的祝圣寺，还在斋堂用过素餐。他记录如下：

> 午饭很丰盛，摆了满满一大桌子。所有的菜基本上都是用蔬菜、面粉和豆制品做的，而且菜名都跟佛

教有关，比如花开见佛、罗汉聚会、六根清净等。在此之前，我也吃过北京广济寺的素菜、上海法华寺的素菜，但不知道素菜有这么多讲究。我发现祝圣寺跟其他地方的素菜最大的不同是除个别菜肴的独特制法外，大多素菜都带酸辣，完全可以归到湘菜菜系。这真是蛮有意思，我奇怪我为什么没有在北京的素菜馆吃出豆汁和炸酱面的味道。

2010年，我和张弛、阿坚、狗子去山东汶上的宝相寺玩，参观结束时正值中午，虽然当地安排了宴请，张弛还是一心想去斋堂垫吧垫吧，比如来碗罗汉面。

张弛前年出了一本《我的名字叫 chi》，从作料开始，写到各种菜谱，最后是吃过的饭馆。他说："一直想写一本以食物为线索的书，无关所谓的美食，而是这么多年来我对食物的接触和理解，当然也包括我会做的和吃过的一些菜，去过的餐馆，以及曾经在一起吃喝过的人与事。它们构成了我个人的食物链条，在我的胃肠里留下了记忆，以致我在书写它们时仍然觉得有滋有味。"他在《百年李记酱骨头》一文中，"敲骨吸髓"：

我们这代人对骨头很有感觉，比如硬骨头、懒骨头和贱骨头（呃呃）等，都是用来形容人。吃过无数次骨头后发现，骨头和骨头之间是没有区别的，只有肉多肉少、好吃不好吃。羊坊店路上（离军博地铁站不远）有一家百年李记酱骨头炖菜馆，曾经一度经常去那儿敲骨吸髓（店家提供手套、吸管和围裙）。它们的酱脊骨、炖棒骨以及干锅拆骨肉样样都很好吃。可惜这家店没了，开始还以为改成经营别的了，后来想百年老店不能说改就改啊。但不管怎么样，身边那些美好的事物（包括各种骨头）没有任何征兆，说消失就消失了，这就是我们的现实。

我家楼下的饭馆，也被张弛分解成三六九等：

德宏削面馆在高大师家楼下，高大师请客一般两个规格，高一些的去菜根源（过去是通华苑），低一些的去德宏削面馆。这家餐馆主营刀削面，每次去主要就是吃刀削面，外加烤串，如果不喝酒，一顿饭基本上十分钟就吃饱了，人均消费20元左右。如果喝酒就难说了，而且每次没有不喝酒的。面馆二楼有一台电视,世界杯期间还看过球。另外,二楼还有一台空调,时而灵时而不灵。特别是夏天,没空调完全坐不住,加上它们的长条板凳坐着极不舒服,有时我们更喜欢坐在路边,一边吸着汽车尾气,一边吃花生喝啤酒。一次,阿坚为了能让女服务员送我们啤酒,把我从对面水果店买的荔枝塞给服务员吃,还一个劲儿地夸她长得漂亮,并反复猜人家的老家在哪儿。

在我认识的人里,高大师最爱吃花生,每次吃饭都要至少点一盘,不管是煮的炸的或是老醋的,也不管带壳不带壳,连他自己都说长了一个花生脑袋(这个当然是带壳的)。外出开会,高大师面对满桌山珍海味不为所动,一盘花生却能让他三点成一线,很快吃完,第二天起床,脑门上都是一层花生油。我觉得这辈子高大师不做花生代言人,真有点儿亏得慌,这是花生的损失。

11 一张广告脸

张弛可能是全国人民最眼熟的作家,不是因为《北京病人》和《像草一样不能自拔》里他的照片印得过大,也不是因为他长得像哪个明星,而是因为写作之余他还是一名露脸颇多的电视广告模特。

张弛是《金六福酒》里的小老板,是《肤螨灵》里的父亲,是《中国移动》农村篇里的暴发户和电梯篇里的胖子,最著名的是《斯达舒》胶囊里那个在胃里使坏的绿虫子。我和张弛外出,许多人都说好像在哪见过他,一提胃里打气的绿虫子,大家就都想起来了。

张弛还曾出演过广告片《前列康》《摩托罗拉》《IBM》《新飞冰箱》《浏阳河酒》《贵府酒》《大宝防晒霜》等。

他还为广告片白加黑感冒药、新疆彩棉、绝对伏特加、五粮液、酒鬼酒等产品写过文案。

张弛凭着这张脸，还在电影《井盖》《绿茶》《古城童话》等片中客串过角色。

说起《绿茶》，张弛有一天在饭局上邂逅了导演张元，张元说他在拍《绿茶》，明天有场戏正好缺一个与赵薇相亲的人，张弛不行你救个场。张弛一听和赵薇演对手戏，心里乐开了花。这场戏出来后，张弛的镜头只剩下一双手，原来张元把他的镜头都给剪了。不知是因为张弛太抢戏，还是张元有意要这样的效果。另外戏里张弛相完亲，从那个酒吧出来，有一个踹车的环节，那是剧组里一哥们的车，被张弛踹的嗡嗡响，镜头也非常模糊。

张弛和赵薇有缘，多年后他俩再次在电视剧里相逢。

2015年东方卫视开播《虎妈猫爸》，由姚晓峰执导，赵薇、佟大为领衔主演。剧中，毕胜男和罗素本是一对幸福小夫妻，随着孩子教育中的难题接踵而至，两人教育观念的分歧成了导火索，引发了家庭矛盾与情感冲突。

赵薇演张弛的员工，张弛演她的老板曹总。张弛在戏里大声地训斥赵薇，赵薇在张弛面前变得低眉顺眼。张弛觉得非常过瘾。

《井盖》是2004年上映的剧情片，由陈大明执导，孙红雷、宁静等主演。影片讲的是当代北京的故事，大兴

(孙红雷饰)刑满释放后,发现未婚妻小慧(宁静饰)为了生存在歌厅唱歌,与男人们周旋。从中学起一直暗恋小慧的残疾大款刘义(张弛饰)对小慧穷追不舍,并希望她能重回学生年代的清纯。婚姻出现危机的派出所所长陆麒麟(赵宝刚饰)在调查大兴的过程中,发现小慧是个轻浮世故但平凡真实的女孩,对她也产生了好感,而大兴为了夺回爱人准备打劫刘义……

在《井盖》里,张弛成了宁静的追求者,剧务给张弛找了一块大手表,张弛总是戴着那块手表到处显摆,其实表是假的。

有人问张弛:"后来为什么没在演员的道路上发展下去?"张弛回答:"我本来还想再演,可是没人请我了。《虎妈猫爸》里的曹总,等于是封山之作了。我和狗子都有一种表演的欲望,不是说一定要走这条路,但是有这个才能,也有这个愿望,干吗不用呢?"

12　导演电影《盒饭》

2007年11月，张弛兴师动众地在草场地开拍电影《盒饭》。这个项目未未投资了5万。张弛是编剧、导演、统筹；摄影杨瑾；主演狗子、小柳、小招等。张弛说，小招演一天给一百元，其他人的片酬先欠着。

杨柳从父亲那拿来一张山水长卷古画，在我家壁橱放了几天，狗子一直放心不下。我给张伯驹的外孙老楼看过，说是老仿。小白拿去卖了5000元，给了张弛，也算杨柳赞助了一下。

吴天晖在小说《转换的意象》中说：

> 张弛的《盒饭》宣布开机，阿坚和小招先到他的公司，之前张弛让阿坚管账，先拨了两万。等工作人员到了，阿坚按张弛的意思先支给摄影杨瑾、录音小

冯、灯光小曹、制作小车近 8 千元。稍后演职员小柳、高子鹏、高大师、小宁、张弛、石效刚、狗子等陆续到了。后来小率和杨光也来了。原来想请张浅潜演一个角色，不知什么原因没来，所以张弛想让小率替她。然后张弛又想让杨光也参加剧组当统筹，杨光说先回趟上海再回来上任。

在公司忙了一阵后，张弛把所有人带到草场地的未未家。在东坝的高岩松也赶了过来。大家一起到附近的大同餐厅吃饭，因为停电，大家点着蜡烛晚餐，只有凉菜和啤酒。张弛就叫了饺子和面条，想着不叫热菜别再喝了，明天还要拍摄呢。可这帮人觉得喝酒的事儿更重要，将桌子拼在一起，大喝起来。

次日 6 点，大家先起来在老家肉饼吃早点，然后去拒马河拍摄。拍阿坚推自行车带小招过河，途中接电话扶不住车将小招掉进水里。这时的拒马河已结冰，好不容易才找到一处流动而无冰的河段。小招掉进水里两次，但张弛对效果不太满意，因为阿坚老忘词。还准备再拍时，当地人见有人在他们的地盘上拍片，人员众多，以为是大制作，非要两千元场地费，准备拍第三次的张弛只好作罢。

张弛、狗子在五道口（唐大年摄）

第五天拍了未未修车的戏，背景用的是他的装置四轮车，又拍他作为街头理发师给蓝石理发，还真有手艺。然后拍片中角色愚比王的葬礼，竖演的，小柳演他的遗孀。魏海波弹古琴代替吹打。

一天下午，拍了一场小柳和狗子在床上的戏，然后想拍狗子在妓院出家的戏，后改在洗浴中心，但得有三个裸女。洗浴中心和附近理发店都是正经的，而去请正式的裸模得两分钟一千。张弛就劝小柳和小蕾为艺术献身，她俩都坚决反对。

高岩松终于帮剧组找来了三个愿意演裸戏的模特，三个女演都是河南人，35岁上下，不拍脸180，拍脸300。既然人齐了，那就开拍，租带池子的浴室又花了500。三个女演加上狗子，都是全裸，都有点紧张。拍完后，狗子好心去扶其中一位，对方大喊别碰我。

午后，小柳接从上海来探班的阳光，叽叽咕咕昨天张弛发怒的事。我问阳光："你给竖的床单被罩都是带血的，什么意思？"阳光无语。阿坚问阳光："觉得我们这剧组怎么样？"阳光说："每个人都有特色，但集体偏弱。"

我说："拍电影时小招最听话，也不闹事，值得表扬。"小招说："张弛这是在做事，不像老阿，就知道瞎喝。"我说,"对,阿坚最馋,纯粹就是为了混吃混喝。"魏海波说:"用古琴代替吹打班子,太糟践古琴了,好在古琴界看不到这电影。你们演得太业余了,瞎胡闹。"小送说:"一帮乌合之众,能拍出什么好东西!"

关机饭是在未未开的餐厅吃的,并没有搞什么总结致辞之类的仪式,直接乱喝。喝吐或趴桌子睡的有六七位,连小莉和小柳都喝得躺倒在地,披头散发,肚皮朝天。竖和杨瑾互骂要动手,张弛见状抄起两个酒瓶说:"不许打架,谁先动手就灭谁。"

《盒饭》这部故事片,分明是张弛领着大家玩了一个"后风格"的游戏,充满了解构人性的意味。拍这戏,也是在不断的旅行中,若问明天在哪拍,回答多半是走着瞧。比如在顺义的农地上开大型联合收割机体会不劳而获的感觉,比如在房山的废矿玩自行车接力喝啤酒,比如在营场地的大垃圾场学鹤飞学狼嗥以展现每个人身上的动物性,比如在上方山的盘山路上让不会开的人开拖拉机还让大家坐在上面唱情歌。阿坚在日记里写道:

> 张弛自信地对大家说:这戏一拍完,大家都要练一练在红地毯上走道,学一两句法语,戛纳在等着咱

们呢。因我是管后勤的,我问:戛纳太远,这几天的中饭晚饭在哪吃呢。张胖说:电影《盒饭》嘛,当然以吃盒饭为主,至于外景地,要尽量选择离哥们开的餐厅近的地方,咱们不白吃,给人家打上鸣谢。吃得太次,酒又得自费,哥几个只好叫有钱的大款朋友来探班。张弛说:再好的电影也有遗憾,没关系,咱们这《盒饭》的思想和手法太伟大了。

后来,张弛带着《盒饭》到首尔旅行了一圈,哥几个等着他带回些美元或韩币。在接风宴上,张弛说:我觉得外国人对中国电影的审美有些阴暗,他们更喜欢下层的、脏的、变态粗暴的东西,像《盒饭》这么光明大方、睿智隽永的,他们不相信中国人能拍出来——哥几个别急,我会带着《盒饭》再跑跑,换回比盒饭高级的大餐。

13　许多电影剧本还没开拍呢

张弛在 2004 年自编自导的电影《盒饭》获得了广电总局的龙标。另外,他还导演了影片《我们都去海拉尔》《一个啤酒主义者的独白》《你去过杨 ling 吗》。由他编剧的剧本《修桥记》获广电总局 2014 年夏衍剧本奖;剧本《抓捕戴炳南》获广电总局 2017 年夏衍剧本奖;剧本《海沙山》《竹林七贤》也通过了广电总局审查,获得拍摄许可证。他还担任了纪录片《三味线》(导演唐大年)的制片人。

张弛还编剧策划了情景喜剧《有什么别有病》。编剧电视剧《命运的承诺》,与人合作编剧电视剧《重案六组》《天生我才》《离婚启示录》等。张弛还参与了一些电视节目的总撰稿。

张弛也创作过一些电影剧本:《奶昔》《打飞机》《苏格拉底在干什么》《跟范哥犯葛》《小毕的急送车》《大先生》

《西局往事》等。我感觉，那几年张弛的剧本就没闲着，一会儿一个，故事似乎都淤了。我说，张弛可以出本《没有拍摄的电影剧本集》了。

有一年，张弛和狗子经常跑到青年路一个叫啤酒圈（beer all）的酒吧喝精酿。那时候，精酿风靡京城，给他们这些经常喝绿棒子的酒徒带来了全新感受。酒吧老板邵帅人长得帅，胳膊上有文身，对啤酒有研究。

邵帅的酒吧不大，除了柜台能坐人外，还有三张小圆桌，加起来顶多能坐十来个人。但啤酒的种类繁多，邵帅如数家珍。有的啤酒还配有专门的杯子，据说都是邵帅从国外背回来的。

有一回在啤酒圈喝酒，张弛突发奇想，何不就用狗子的小说《一个啤酒主义者的独白》在这间酒吧拍一部全新的片子，不讲故事（所以没有剧本），就讲关于精酿啤酒的各种知识，主要是狗子和邵帅之间的对话，想到哪儿拍到哪儿。

说干就干。张弛当导演，陈世友摄影，陈世友当时的女友任静、阿坚、泼妇、曹寇等出演，中央音乐学院的周莹负责弹钢琴，西风剪辑。这是一部三十分钟的片子，小范围内放映过。

狗子在影片中说:"这啤酒主义其实说的就是阿坚这种五十年代的人,他最早写过一首诗,大概是说啤酒时代来临了。他任何东西都想跟主义挂上钩儿,然后我就用他这个名称了。"张弛说:"所以你看,一个号称啤酒主义者的人没喝过高度啤酒,怎么能得到高度评价呢?"

14　能力有限的日子

2005年,张弛在花园桥附近开了个文化公司,叫能力有限公司。那个院落是外文局宿舍大院,以前住过许多外国专家。张弛的公司是一楼的一个套间,屋里摆着老式钢琴、皮沙发、老式老板台、太师椅、老打字机和秦砖汉瓦等古玩,还有餐厅、卧室和一间手动足球的娱乐室,院里有个篮球场,感觉还挺齐全的。

大家几乎天天在那里聚会,商量策划影视剧。其实,根本不用策划,因为每个人都是带着剧本来的。这里每天都上演着一出出意想不到的戏剧。

2007年,未未策划了《1001个童话》行为艺术。

在一次饭局上,未未对大仙说,我要带1001个人去德国参加卡塞尔文献展,你有什么亲戚朋友要带上一起去?给你20个名额够不够?未未说:"到了卡塞尔什么都不用干，吃饱了饭逛就是了。"大仙的想法是，把常在北京混的一拨人拉到卡塞尔再混一遍。他带了20个"80后"姑娘和几个中年男子，此为"大仙团"。张弛拉拢20多人组织了"张弛团"。我苦于单位管制，没敢报名。

据苗炜讲，办签证那天，大家拿着存款证明给签证官看。签证官问狗子："你的存款证明怎么只有350块？"狗子答："能有350块就不错了。"又问："那你靠什么为生？"答："我是作家，写小说的。"说着从包里拿出几本书。签证官问张弛："你是干什么工作的？"答："我是剧作家，写电视剧的。"问："你带存款证明了吗？"答："我带着存单呢。"说着从包里掏出一张存单，签证官看了一眼："您赶紧收好吧。"

张弛和他的组员们不厌其烦地办好了护照登记，又被国内的朋友饯行了好几回。

张弛有恐高症，他说："飞机就是一个大铝壳子，在绝对能摔死人的地方呼呼地走，我人在机舱里，但眼睛好像在舱外看着这大铝壳子玩悬的。"有人问："这次去卡塞尔，你不会临时变卦吧？"张弛说："哪能呢！好几千一张的机票都定了，再说我是组长还得带队呢。我在飞机上可以不停地喝酒，可以斗地主。"

张弛与组员们上了飞机后，屁股还没坐稳，就找到空姐，说恐高症、恐封闭症犯了，空姐反复做他工作，答应调位子，并破例请他到驾驶舱，飞行员给他讲解，让他放心。老鸭也劝他不要影响全组的行动。但是张弛执意下机，德国空姐只好放行。张弛悄悄下了飞机，发短信告诉组员，他心脏病犯了去不成了。

当天晚上，张弛给我发短信，约我到菜市口吃饭，并用美女祖菁引诱我，还让我叫上春树。我心说，这坏蛋，到国外了还不老实。我给祖菁打电话，她说，真的是张弛，没走成。

大家都知道张弛有恐高症和恐封闭症。他家住高层，但从来不坐电梯，偶尔坐的几次飞机，也是登机前先把自己灌晕。至于与朋友们坐着坐着火车，忽然半道下车花大钱打的去目的地，这样的事也有过好几次。但此次行动，事后也有人说：未未玩的是大行为艺术，而张弛借势自己玩了个小行为艺术，出其不意，破了1001。

在能力有限公司，时常大家议完事，就在公司餐厅或马路对面的大连海鲜饭馆吃饭。我记得那时公司经常出入许多美女——蓓蓓、笑笑、浅浅等，也掀起过大大小小的波澜。狗子在《迷途》中讲过张弛的一个段子：

一次我在外地，那时老弛开了个"北京能力文化发展有限责任公司"，简称"能力有限"。有一天，我接到他公司女秘书的一条短信，说"挺想念你"之类，那个女孩长得不错，虽说不熟，但当时我桃花运正旺，属于"涝时涝死"阶段。接到短信，我心说：我靠，还真挡不住。当然我还没到理智全无丧心病狂的地步，我给那女孩回了条模棱两可的短信，企图静观其变见风使舵。女孩也回了条短信，语气暧昧有加，但也不失分寸。之后两天没动静，我在半信半疑和小小温情中度过。第三天女孩又来短信，说这周末她手机落公司了，刚看到我的短信，说您没事吧？我恍然大悟说没事没事。"能力有限"就老弛和女秘书两人，显然这是老弛搞的把戏，我的一颗心又落回肚子里，桃花运就此也断了，一年多没近女色。

后来，张弛的公司终于维持不下去了，彻底关门。张弛在公司降价拍卖公司财产，我买了那架老钢琴和老打字机，老楼买了那架手动足球。

15　重组西局书局

2015年,阿坚的"后小组"半死不活。简宁的图书公司有个叫吴天晖的外省文学青年,他亲戚在古城开公司有块闲置的地,吴天晖经常在这里接待阿坚、张弛来玩。一天晚上,他们在饭桌上商议,设立个微信公号叫"西局书局",阿坚题写了名称。

"西局书局"这个新玩意,不管是不是换汤不换药,反正总算有了公号。阿坚没有微信,不会上网,自然靠边站,更别说受不了AA制的饭局新规矩。阿坚的文章也在"西局书局"上发表,但他的打赏还不如小柳的零头。邹静之有一次问我:"张弛又弄了个什么局?我看见小柳写的那几篇真不错。但他们到底是想干什么?"张弛在回答记者提问时说:

我有好多朋友，他们的才华都被荒废了，建这样一个公号，是希望有一个平台，让大家的才华有一个集中展现的地方。至于说写多少，我觉得根本无所谓。我过去写得多，现在很后悔，真的。我觉得我写得太多了，我恨自己为什么不能少写一点。

狗子说饭局对创作有伤害。我写的好多人物对话、描述的人物状态，都是在饭局上捕捉的；很多写作的想法和灵感，也是在饭局上形成的。我不觉得任何一件事情是在浪费时间，它都会带来相应的回报。这种回报不一定是文学的，文学只是生活的一部分。

后来张弛出版了一本散文集《别·散》，似乎是要向过去致敬，或是恐惧某种未来的到来。他说：

我不想写得太聪明了——我是这么努力的，但有时候聪明是掩盖不了的。我过去的写作有些哗众取宠，我现在更倾向于描述客观事实，让文字更接近于我的描述对象，而不是耍贫嘴、抖机灵。

可以看出，张弛组建西局，一方面是面临自身的变革，一方面也是对人际关系的维持。狗子在《寂灭》一文中说：

> 张弛一直想干事，好像一直都没怎么成，至少没达到他的预期。然而在文学上，他却"成了"。这难说幸还是不幸，也难说是相辅相成还是相反相成，我只想说一点，这绝非无心插柳的结果。世纪之交那几年，一度我和张弛在写作上有点互相砥砺的意思，我们白天在家写东西，晚上出来喝酒。在酒桌上我经常没话找话地问，今天写了吗，他的回答经常是，闷坐一天，一个字没写。
>
> 这些年，东局早已烟消云散，西局还在热热闹闹地喝着，像是要为自己正名或是为了洗去污名。张弛在网上牵头办起了西局书局，目前书局还在起步阶段，但其包容的态度和独到的眼光确实有点与众不同，他像是在闷一把大牌。当然，不少人奔着西局书局而来，却发现原来还是个酒局。
>
> 在写作上，我和张弛也有了很大的不同，这也是我近年慢慢明晰起来的。简单说，张弛的写作是从某种氛围或意象聚焦到细节，像外星人徐徐降临地球；我大概是从个人感触的某一点不断生发出去，像一个

2020 年春节，张弛、阿坚、狗子、刘润和在一起

梦想飞天成仙的道士。当然无论外星人还是道士,自我折磨都是免不了的,而且还要看运气。对于张弛,搞不好就会一脚踩空不定飞到哪去了;对于我,则经常是揪着头发在地上干拔。

张弛苦苦经营着西局,如同经营着一家公司。每年都策划西局成立纪念周年颁奖和画展,策划出版图书,还把阿坚、小华的啤酒花艺术节也接了过来,在青岛、景县、北京办了三场。张弛还写了《西局往事》黑白默片的剧本,最后一段是这样的:

> 街边。日。外。
> 小于拿着鲜花朝小彬这边跑来。
> 她把花放在小彬面前。
> 小彬抬头看小于,一脸漠然。
> 小于:"跟我回家吧!"
> 小彬:"真的?"
> 小于:"嗯。"
> 小彬:"等我把东西收拾一下……"

街边。日。外。

大辛站在车旁,注视着这一切。

街边。日。外。

小彬和小于远去的背影。

大辛发狠地把雪茄烟屁扔在地上,用皮鞋踩灭。

等他回过身,老狼已经把车开走。

车内。日。

狼师傅边开边唱。

车在道路上横冲直撞,一溜歪斜。

交警骑着自行车巡逻,一眼看到汽车挡风玻璃上的罚单。

他欲拦截汽车,但没拦住。

交警把自行车放倒在路边,吹响警哨。

街道。日。外。

一场突如其来的大雪,把万物覆盖。

字幕:"北京的冬天,下着白雪……"

芥末坊。日。内。

一个身穿牛仔背带裤的工人（吴天晖饰），在调试灯箱。

梳着背头，戴着墨镜，扇着扇子（或在看报纸）的老弛，坐在角落注视着他。

灯箱亮了，上面写着：game over。

陈眠油画《四巨头》

16　去旅行的距离

张弛凭着 80 年代曾在北京的一家旅行社工作过,后来去西藏当了近一年的翻译导游。因此,从某种意义上讲,他也是个旅行者。

后来,张弛认识了阿坚、罗艺、孙民等一些玩旅行的朋友,他们遇山开路遇水搭桥,上天入地无所不能,间或还给你讲解山川地貌民间掌故,像张弛这种不能吃苦又不求甚解的,很难跟他们玩到一块儿。但这也让他懂得,一个好的旅伴,超过任何一处风景名胜。张弛说:

> 出门的次数多了,认识的旅伴也就多了。他们的习惯形形色色:有人换了床就睡不着觉,但你总不能把家里的床扛着四处走吧;有人一定要裸睡,哪怕是在火车的卧铺上;还有人早起三件事,看电视、拉屎、喝

茶,件件费时费力,其他人再着急出发,也得耐心等着。

还有更奇怪的。张弛有一次去镇江签售,同行的有两位老姑娘,哪盏灯都不省油。张弛说,叫她们吃饭磨磨蹭蹭,叫她们出去玩儿根本不接电话。就算在饭桌上偶尔露面,也是埋头狂吃,一言不发。回北京的火车上,他们四人一个包厢。本来两人还穿着短裙,睡觉前突然彼此使了个眼色,便拎着行李出去了。以为她们要半道下车,想不到半小时后两人现身,短裙换成了厚实的牛仔裤,上半身也裹得里三层外三层。张弛实在不明白,对旅伴如此防范,为什么还要一块儿出来玩呢。

总之,旅途中经历的事情,是你待家里永远想不到的。那时,张弛偶尔也和阿坚的后小组一块玩,还参加了打赌之旅,是在河北隆化和内蒙古克什克腾旗之间玩。在去往隆化闷热的火车上,张弛说:"大多数人都有赌徒心理,反正我有,其实敢赌的人充满自信。咱们搞打赌之旅虽有些做作,但也是种纯粹的游戏,比搓麻、斗地主、划拳丰富多了。"

火车上,我们开始赌:或赌隔座姑娘的职业,或赌车上啤酒的价格,或赌在京某友正在做什么(可电话求证),

画家画的张弛、小彬、于一爽、狗子

或赌列车长会不会背八荣八耻，或赌今晚新闻联播第一条是啥。

打赌之旅的规则是：每人每天必须打九次赌，输一赌罚一元或一杯啤酒。如赌"前面三百米肯定有饭馆"，如大家无异意，此赌流产。

张弛经常在床头放着地图册——中国地图和世界地图。身未动，心已远，说的就是他；让心灵去旅行，说的也是他。一个好动的人却不敢行动，这也许就是宿命。张弛说："每个人心里都有一个隐秘的目的地，旅行不需要太多理由。人在一个地方待烦了，就应该换一个地方。"

张弛记述《走运之旅》，捕捉到很多有意思的细节：

> 南运河的河面很窄，河上没船，如果不看牌子，还以为是一条普通的河。唯一能说明它的身份的，是沿河有一条在古代园林才会看到的那种用很费劲的方式铺成的砖路，只有很短一段是水泥。
>
> 天气不错，有人光脚（意思可能是光脚的不怕穿鞋的），还有人光着上身，据说孙民还在一个没人的地方裸奔来着。他在三年前走过这段，心得是自从走了运河，运气更差了。景县的周军夏天吃过晚饭，还专

门沿运河骑过自行车。

运河边上有很多农田,冬小麦刚出苗,它们是十月种的,要等来年六月六日收割。运河边有人放羊,不远处的麦田里有人在烧麦秸,运河的对岸还有人烧荒。走了大约两个多小时,天色渐暗,前面的路越来越难分辨,天气也迅速变凉。我们决定穿过一个叫第四屯的村子,直接在村口等大巴。

村子里没什么人,感觉是事先知道消息纷纷躲了起来。一个中年男人倚着一棵树,一只小狗冲我们狂吠不止。村子里到处堆着老玉米,一间椒房里沿墙壁堆着很多红辣椒,色泽鲜艳,乍一看还以为是鲜花,而且它们都连着根茎,据说这样是为了避免辣椒过早变干,从而更多地吸收养分。

张弛每到一处,当地的酒一定要喝,好像能喝出当地的水土。他现在习惯到古玩市场、古墓现场逛,从老物件身上可以看见当地的历史。

17　酒战士

每年十月,张弛都会陪父母到北戴河度假,这是老革命家庭才可享受的待遇,还可以带一定数量的家属。一般狗子会带着小柳陪张弛。有一次张弛父亲在豪华驻地看见狗子在房间里看《参考消息》,还夸狗子有文化。

2006年8月的一个周末,还没到张弛陪父亲的时间,他领着一帮人到北戴河看在此躲酒写作的狗子。

因为周一我要上班,就提前撤了。中午,张弛、狗子和阿坚等人在一家餐厅吃喝,他们先是喝啤的,然后喝白的,阿坚都喝不动了,张弛便同狗子拼起了白酒,喝了几杯后,大家回到驻地。

张弛躺在床上,突然大喊:"救心丸!""救心丸!"一边的高子鹏听差了,随口说道:"就近玩?可以啊!"

张弛突然脸色发白,说是心脏病犯了,让阿坚去买药。

狗子赶紧用手指按住张弛的人中，但也可能是鼻孔。

张弛直接晕倒，大家赶紧叫救护车，四五个人好不容易才把肥胖的张弛弄上担架。医院要家属签病危通知书，阿坚给老鸭打电话，老鸭生气地说，喝死吧。

傍晚，大家去急诊病床看张弛，张弛见了阿坚和狗子就大喊，"让我喝死在北戴河吧"，话音一转，"不过，要先把你们喝死。"

阿坚指着测心电图的仪器对小柳说："小柳，你躺下，我帮你做个体检吧。"小柳还真的听话地躺了下来，阿坚说："把衣服撩起来。"小柳一听，知道阿坚要把仪器探头放在她胸部，大叫着跑开了。

张弛说自己没事，不用住院了，狗子就去结账，阿坚替张弛拔下输液的针头。医生说心脏病可大可小，最好住院观察几天，你们要走，得签字，出了事不能怪医生没提醒。阿坚便冒充家属签了字。

出了医院，大家本来说随便吃个午饭，也不让张弛再喝了，可是张弛不干，为了证明自己没事，白的不喝，也要喝红的。他一人喝了3瓶红酒，像是在输血。

见这里条件这么好，吃喝的档次比平时高多了，阿坚就建议让小招也过来，张弛说："那就多叫一些人来，我要把你们都喝死。"但听到小招和侯震真的要来时,张弛不知道出于什么原因,忽然一个人打车回北京了。

从此,张弛作为"酒战士"的形象一下在江湖上传开了。张弛还收藏了北戴河医院急救的病历本,作为久经沙场的证明。

其实,张弛早年因肝炎住过院,他也是逃出去和大家喝酒。狗子说,张弛住院的第三天,狗子去看他。张弛告诉他冰箱里有啤酒。狗子坐在沙发上喝酒,张弛倚在床上抱着电话开始约人。此时正有数位酒友从不同方向杀奔医院,张弛在电话里不断地给酒友们指路。

阿坚来了,病情一句没问,狂问住院费用,说这得顶多少顿酒呀。在病房闹了会儿,众人下楼找了个饭馆接着喝。上菜的时候,张弛已从老全的危言耸听中缓过神来,劈头便问服务员:你们这儿有酒精肝吗?小姐想了想说没有;艾丹接茬:有啤酒肠吗?小姐想了想还是没有;阿坚又问:熘肝尖总有吧?小姐说:这个有。那天张弛没喝,但席间他不断地给大家倒酒,就像不能亲自上阵杀敌,搞搞后勤也是好的。那天他围着酒桌倒酒倒得脸红脖子粗,事后他说倒酒也能把人倒晕。

半个月后,张弛平安出院,没多久便故态复萌,照喝

张弛和西局同道

不误,直喝得众人无不肝儿颤。

许多人都写过张弛喝酒,沈阳的程远还写过《张弛在沈阳的饭局》:

> 记得几年前的一个下午,我给狗子打电话催稿,狗子没接,张弛接的。张弛说:狗子不能给你稿了,我们从昨晚搞到现在,之后他还要酒休数日呢!又说:狗子只给能喝酒的编辑写。我说我是东北人,有机会练练?
>
> 有次张弛要来沈阳,听说是京城文化名人来,报社领导高兴,指示行政部安排中午的饭局。因为是中午,不宜多喝,大家只是礼节性地互敬了几杯,更多的时候是聊天。但张弛哪吃这一套,反客为主,一会儿就把主人喝跑了。

王竞在《德啤与张弛》中记载:

> 有一次法兰克福书展的一位高管来北京,想认识一下有女性主义写作态度的中国女作家。我找了张弛(实在想不起来我为什么会找他),他带我们去尹丽川和她男友开的贵州餐厅吃晚饭。除了喝辣汤,我们在

席间也喝了些燕京扎啤。在法国滋养过的尹丽川，面对德国的文人还是很收敛的，那顿饭吃得喝得都相对文雅，还真聊了些女性主义和文学的话题。跟尹丽川们握手告别后，张弛又来到东三环的一家啤酒屋，张弛一人就喝了10杯啤酒，每杯一公升。读一读2019年慕尼黑啤酒节后的官方清算单，大家就可以想象一下这场啤酒大战的盛况。

狗子曾说，在"三里屯十八条好汉"中，文字和酒量张弛都是最好的。张弛对此回答："文字最好不敢说，酒量最好当之无愧。因为文字这东西是没法衡量的，但酒量是一个看得见摸得着的东西。"张弛还说：

> 喝酒未必有多大乐趣。有时候是有乐趣，比如酒好，有很好的谈话伙伴，吃的东西也好，但有的时候人就是想把自己给耗尽了。就比如喝了很多酒，最后还剩那么一小口，我就不想把它剩下。人的精力也是这样，总喜欢把自己消耗殆尽之后再上床睡觉，这样特别舒服。如果还留着好多精力，会觉得有些东西还没挥霍完、宣泄完。

18　干过的架

张弛办"能力有限公司"时,每次大家侃完大山,就到对面的大连海鲜饺子馆吃饭。有一次,不知什么原因,张弛和老门吵了起来,老门到厨房拿了把菜刀,在饭店里追着张弛乱砍,吓坏了众人。

还有一次,张弛在吉林的老同学来京办事,张弛在大连海鲜饺子馆宴请。他的同学并不爱喝酒,小招却总劝他喝酒。张弛讲究礼数,不喜欢没大没小的人。小招自视才高,乐于往枪口上撞。张弛大怒,拿起酒瓶子对小招说:"我砸死你。"说完将酒瓶摔碎在地上。小招不甘示弱,说:"不能喝,摔瓶子算什么本事。"张弛就拿起盘子朝小招扔过去,小招也拿起酒瓶准备回扔。

高岩松过来将小招拉走,小招拼力挣扎,高岩松就干脆一把将小招推倒,小招爬起来又朝酒桌冲过来,倒了一杯白的,大概二两,一口干了,嘴里说道:"你们这些人,平时就知道装,有种喝呀!"

孙民说:"我陪你一杯。"也干了。其他人没接茬,小招手捂着嘴离开了桌子,众人也没去管他。阿坚回到酒桌,跟张弛聊起张弛东北老家的一些事情,还向张弛的发小解释,说大家心里平时都有些压抑,借着哥们儿和酒发泄一下,可以理解。

饭馆打烊,小招躺在大街上。阿坚每到这时,就只看见我了:"高星,你不管,谁管呀?"于是我叫上出租车,把小招送到北京交大东门对面的高子鹏家,电梯早停了,而高子鹏住在13楼!

有一年大年初二,张弛打电话说要给我拜年。我说,那就到我家楼下吃涮羊肉吧。两家子人坐下后,张弛拿出一张百元票,说是给女儿流水发个红包。

火锅热气腾腾,张弛给我媳妇王鹏倒啤酒。流水说:不许给我妈倒酒。张弛说:可以不喝,但倒上酒好看。流水听了后,起身到吧台又拿了4个玻璃杯,摆在王鹏面前,全倒上了啤酒,并不怀好意地说:你说的,倒上好看。张弛满脸愁容,不知如何应对。王鹏在一旁解围:流水是为我好,怕我喝啤酒喝胖了。说着,还撩起上衣,拍拍肚子,证明自己已然胖了许多。张弛在一边打哈哈说：再往上撩撩。流水一听，立马变了脸：这是我妈，不是妓女！说着，端起王鹏面前的酒杯，喊里喀喳全倒在了刚开锅的火锅里。我说：你看你，人家刚给了你压岁钱，你就……，话音未落，流水又要撕钱，如同撕票。张弛也如同被浇灭的本已沸腾的火锅，彻底歇菜。感叹道：这是谁家的姑娘呀？

有一年，张弛和陈斌出游，因为一个歌厅小姐，发生争执。张弛骂了陈斌，陈斌动了拳头。饭店把警察叫来，俩人还要在同一房间睡觉，警察不干，非要他们各自开房。半夜，张弛跑到火车站买票回京，临行前，将陈斌的裤子扔到了马桶里。

前几年，我在通华苑还和张弛吵过一架。青岛的冠华来北京，张弛张罗接待，其实是让我来买单。张弛在奔酒局的路上，在别人的微信朋友圈说我坏话，说什么高星一贯巴结名人。当时，我正在酒桌上点菜，正巧被我看见，窝了一肚子火。张弛来了，还嫌我点的菜太便宜，我这气不打一处来，当场怒了："结账，滚蛋！"这是我和张弛第一次干架。

前几天，张弛说："我和阿坚又打了一架。"

那天是张弛在双井的一家烤肉店请客，他叫来了刚出新书的左梨、蛋塔夫妇和于一爽、小彬夫妇,还有美丽的水果,三个女孩都是张弛喜欢的。

阿坚来了后,就一屁股坐在左梨和水果之间,感觉容光焕发。张弛很生气,后果很严重,吃饭的气氛一开始就不是很好。

左梨当时上衣的扣子总是崩开,露出大胸。阿坚总是有意提醒左梨,甚至要动手帮她扣上。再后来,阿坚又动手摸水果的一头黑发,向水果要头发,说用头发给她算命。再后来,阿坚又讨论起于一爽的怀孕和例假问题。张弛实在忍不住了,就大骂阿坚,并起身离开。阿坚回了一句:"老傻×,滚蛋!"没想到张弛在门外听见了,又转身回来,倒了阿坚一脑袋啤酒。

左梨事后说:"我那个扣子挺无辜的,其实都不算走光。但的确,穿短裤亮出两条腿挺正常,裙子被风吹起来就不一样了。"张弛说:"关键是阿坚对自己的欲望不诚实,明明是贪图享乐,却偏要说成想写好东西,先得学会泡妞喝大酒,放空身体,才能装进思想。这就好比俩人在刮风天做爱,偏要说成顶风做爱一样。那下雨天在厨房煮个鸡蛋,岂不变成冒雨煮鸡蛋了。"

19　多姿多彩的恋情

张弛第一次接触女孩，是在黄寺大院时。但由于房主人回来解手，搞得张弛很狼狈。

1978年，张弛为了高考，回到吉林铁一中上学。班里有位姓W的女孩，漂亮、聪明、孤傲。张弛在食堂吃饭，只要她不在，就吃不踏实，张弛经常从老师检查教室用的门缝里偷窥她的背影。

W是班干部，张弛那时没有入团，她也不入，让老师很不解。

毕业时，张弛考到了北京，W留在了沈阳。分手时，张弛的随意，让W很伤心，经常喝醉，在小树林里独自溜达。

直到W离婚后，在北京，两人恢复联系，W用双脚紧紧勾住了张弛的腰。

1982年，重庆电视台的编导G到北京办事，和张弛认识了，双方感觉还不错。后来张弛和艾丹还到重庆会过她。张弛当时刚刚步入社会，就想找个比自己大的女人，找个人生的依靠。何况G作为编导，干练、成熟。

G原是北京到重庆火车上的播音员，那时候会说普通话的人很少，只要能说几句标准的普通话，就能找到好工作，她后来就调到重庆电视台去了。

张弛通过G疏通关系，在重庆为宜宾五粮液酒厂拍了个广告片，弄了一船五粮液酒，片子还是赵忠祥配的音。

那时候G已经结婚，而且岁数比张弛大好多，他们最终没能走到一起。

G后来去日本学习电影，有一次从日本回重庆，没跟老公说，说是想给他一个意外的惊喜，但想不到意外惊喜变成了意外伤害。她深更半夜推门进家，一开灯，发现地上的鞋不对。然后，他们就离婚了。G后来和一个日本人结婚了。

经大仙介绍，张弛认识了L，才18岁，一个挺体面的女孩。她是《北京青年报》的实习生，曾经在广院学过播音。L父母嫌张弛岁数大，其实后来L找的对象更大，她父母其实是嫌张弛没工作。

当时喝完酒之后总是瞎闹，L说张弛掐她，第二天就她身上青一块紫一块的。张弛不认账，说自己没有酒后掐人的习惯，所以张弛到现在都弄不清她胳膊上的青一块紫一块是从哪儿来的。

那时张弛正热衷于收藏，L带他去了一位据说是老首长的秘书家，花了上千元买了一个乾隆年间的大碗。他俩下楼打车，L上车坐后排，便把那大碗放在一旁，张弛也要和L坐一起，只听砰的一声，张弛一屁股坐在碗上，气的张弛二话没说，把那个破碗从车上扔了出去。但是那个东西可能不值这么多钱，后来有人说那人是个骗子，不是谁的秘书。

张弛认识老鸭后，就和L很少来往了。有一天，L约张弛谈话，张弛带着老鸭去了。谈了几句，张弛就带着老鸭走了。走出去100多米，L从后面喊道："张弛，你今天这么对我。你以后也可能这么对别人！"这话当然是说给老鸭听的。

又过了一两年，张弛收拾屋子，发现床底下有一件L当时留下的内衣，就赶紧装袋子里扔了，像是扔掉了那些记忆。

其实，我们后来在酒桌上都见过张弛过往的女友，大家其乐融融，我不知道这是张弛大度还是他的本事。

张弛对自己这些情感经历的解释是，八十年代正逢国家变革动荡，人心也随之躁动。所以说张弛和她们的关系，也是那个时代的缩影。

20 李老鸭

1990年,张弛30岁生日那天,他的父母专门把他约到地坛公园谈话,很正式,父亲说:"都说三十而立,你啊,究竟能不能立?"

张弛当时只是把脸转向别处,看着路过的蚂蚁,随风摇摆的树叶,最后他发现父母已经抱定了问到底的决心,只好回答:"我立,我立不得了嘛!"

张弛说,所谓立,可能就是成家的意思吧。

1991年,张弛终于结婚了。然后,一直延续至今。

张弛说,他之前没结过婚,对婚姻完全没概念。如果能跟老鸭过得幸福,那是因为她人好,不是婚姻好。如过不到一起,那也是因为人的问题,跟婚姻无关。"当时主要是老鸭提出要结婚,其实我还想多耗几年,没有任何紧迫感。领结婚证那天,从登记处出来,我看到一只乌鸦在我们头上盘旋。"

李老鸭是山西人,她的舅妈是歌剧演员,演过《江姐》。李老鸭也从小喜欢唱歌,后来在北京鼓楼某歌厅当歌手。

有一次,张弛在鼓楼一带经过,看见路边有个美女在打公用电话,张弛一下被她吸引,便上前搭讪,索要电话。那人就是李老鸭。

后来,张弛带朋友到歌厅,为李老鸭送了老多花篮。

李老鸭说,过去有好多人追求过她,其中有一个有钱的外国人,是渣打驻北京办事处的代表,然后被张弛给搅黄了。

张弛说,和李老鸭结婚后,开始一打架,就闹离婚,李老鸭哭着喊着后悔。但随着年龄越来越大,双方遇到自己喜欢或喜欢自己的人的机会越来越少,离婚的念头也就淡了。

张弛有时候会跟李老鸭说:"我们都错过了离婚的最好时期。其实离婚是需要能力的,比如单过的能力,另外还需要恶。你爱另外一个人的能力,随着年龄的增加,实际上已经大打折扣了。"

老鸭在张弛的作品里无处不在,不管褒贬还是玩笑,

可以看出老鸭在张弛生活中的位置。最近,张弛在《庚子述梦录》里写道:

> 我还梦到过毛驴,它在三年前就死了。有天晚上,我从睡梦中醒来,发现它就趴在我的床上(但不像平时那样四仰八叉)。我喜出望外,赶紧抱紧它,问它怎么想着回来了?它说,外面要占的地方太多,尿不够用了。我让它叫爸爸,他果然叫了,而且还叫的特别清楚(我一下就哭了)。我还想跟它多说会儿话,可毛驴突然就从一只黑狗变成一只黄色的猫,从我怀里挣脱蹿出屋门。任凭我怎么喊它,都不回头。
>
> 有一回我梦到家里闹蟑螂,卧室、厨房哪儿哪儿都是。这些蟑螂十分狡猾,怎么也打不到它们。但是我很快就发现了一个诀窍,不管它们跑得多快,只要一喊"蟑螂!",它们就马上原地不动了。我趁机打死了几只,惹得鸭姐不太高兴,她说这些蟑螂是专门来参加"光盘行动的"。听鸭姐这么一说,我顿时变得手足无措。
>
> 我还梦到过一次鸭姐半夜跟人幽会,而且是在我家,是不是当着我的面记不清楚了。但那个男人并不

像鸭姐说的那么帅,反而看上去十分粗俗。

  鸭姐的磨蹭是出了名的,为此耽误过许多事。有一回我跟她去德云社听相声,出门后她突然觉得外面冷,于是回家去穿外套。她一下子找出很多件衣服,对着镜子一件一件地试。鸭姐觉得这些衣服都不是特别合适,有的过长,有的穿着像病号服,还有一件颜色过于鲜艳了。我坐在客厅沙发上,越来越绝望,完全没有了听相声之前的那种放松。

张弛说,最近在读托尔斯泰最后一年的日记,就是想知道他为什么要离家出走,最后死在一个小小的火车站上。实际上,在他这一年的日记里,根本找不到线索。表面上,他的日记和别人的日记没什么两样,都是吃喝拉撒生活琐事。看不见他怎么厌世,不喜欢家庭生活。但实际上他的灵魂是自由的,这是他跟别人不一样的地方,他跟神一直在对话。

  张弛说,这就给了他一个启示:"你要因为烦一个女人而离开她,然后去找另一个女人,没准儿你后来找的更烦人,想想还不如头一个呢。"

21　W姑娘

2011年,文化艺术出版社的帅克给张弛出版了《北京饭局》。张弛在三里屯一座一望举办发书局,来了许多人,包括一位80后美女画家W。

张弛不知什么原因,一见钟情。在楼梯拐角处两人扭在一起,差点把饭店的花盆摔碎了。我们当时没当回事,可没多久张弛就动真的了。

W后来怀了孕,张弛也动了离婚的念头。我和狗子还跑到张弛家给李老鸭做工作,现在想起来,真对不住李老鸭。但张弛最后想明白了,放弃了离婚,W也做掉了孩子。

2012年春天,我编的《狗子的饭局》发书仪式和王音的《青岛啤酒屋》摄影展,在方家胡同的猜火车饭店"碰杯"。

W也闻声而至,在酒桌上,W非要和张弛坐一起。张弛碍于李老鸭也在的面子,起身去了洗手间,W也随着去了,两人在洗手间里发生争执。张弛幽闭恐惧症犯了,最后用手打碎了门玻璃,举着流血的手指出来了。唐大年、老狼等人急忙将张弛送去医院。老鸭留下一句耐人寻味的话:"朋友还是老的好。"

后来,W在张弛家楼下哭闹,张弛送她回家。第二天一早,带着刀就来张弛家了。

张弛讲的段子是:由于张弛家不锁门,W推门直奔躺在床上的张弛。只见一道寒光劈来,张弛一个鲤鱼打挺,起身又一个观音拜佛,双手合十,夹住了刀片,张弛又一个撩阴腿,踢倒W,只听"当啷"一声,刀片落地。李老鸭站在一旁说:你们缘分已尽。

事后,W讲的另一个版本是:张弛见W进屋,吓得用被子蒙住身,缩成一团,喊道:你要干什么!

据张弛说,W有点儿SM的倾向,她家里有手铐、皮鞭什么的。有一次W想把张弛铐在床上,被张弛拒绝了,他说当时真吓得够呛,一个劲地挣脱。

后来,在一些艺术活动中,二人邂逅,都有一点不好意思。几年后,W去了美国。

其实,这些事都已经过去了。张弛在《庚子述梦录》中有着更精彩的神话故事:

有一回我梦到小鱼儿到我家,跟我爸妈吃饭。那时候我爸妈年纪都不大,穿着军装。小鱼儿吃完饭便上楼上厕所,家里的厕所很大,而且是三个厕所连着。我推开厕所的门,小鱼儿已经上完了,在水池旁洗手。她跟我说她没拉出来,可我一闻臭的不行,都快把我熏晕过去了。照理说梦里闻不到气味。

有一回我梦到我躺在小鱼儿怀里跟她亲热,她上身只穿了一件中年妇女常穿的那种肉色胸罩,我不是特别喜欢,关键是她的乳房一大一小。

22 《三味线》

张弛的策划总能踩在点上。

2017年是太宰治逝世70周年。张弛策划狗子(中国的太宰治及另类表演)、老狼(有市场并作为中间人)、唐大年(导演也摄影)三人,组成狗、狼、牛,去日本来了一场寻找太宰治之旅,完成了纪录片《三味线》。

他们采访了太宰治的私生女太田治子,并将太田治子的《向着光明——父亲太宰治与母亲太田静子》引进国内出版。在这本书中,太田治子讲述了太宰治与自己母亲的交往过程,特别是太宰治如何诱导太田静子写日记,并最终以她的日记为素材,创作了《斜阳》一书的故事。

有趣的是,作为《向着光明》和《三味线》的总策划和制片人,张弛本人既没看过太宰治,也没和老狼、狗子、唐大年去日本。"我是制片人,我要对太宰治保持客观的态度,保持神秘感。"至于为什么没一同去日本,张弛说:"我害怕坐飞机。"

唐大年表示,自己在年轻时看过太宰治的《斜阳》,因为太颓废,不是很喜欢;后来四十岁再读,才读出一点儿味道来。"太宰治写了像草一样的人,风一吹就歇菜了。我们这次到日本,在一家居酒屋里,老板娘说太宰治真实地写出了生活中懦弱的人和逃避的人,引起他们的共鸣。但我个人仍然觉得他的文学成就并不高。"

说"寻找太宰治",也就是个由头。哪找去呀,都死了七十年了。无非是去他待过的地方转悠转悠,也是物是人非,甚至连物都变味儿了。张弛不想拍成太宰治的生平,他们又不是太宰治专家,也不懂日文。张弛还是要拍狗子这样一种状态的人,头次去日本,出现在日本的大街小巷,吃吃喝喝,聊聊太宰治,聊聊他整天追问的各种"终极问题"——死亡,自杀,男女关系。人在陌生的环境,异国对本国,作家对作家,现在对过去,这种种若有若无的联系,一定会好玩。

去之前订行程,本来张弛设计在东京住几天胶囊旅馆。住胶囊的人形形色色,说不定会发生什么好玩的事,视觉上也会有新鲜感。没想到狗子一口拒绝,必须酒店,单间,怕休息不好。张弛心说，真拿哥们赞助的钱不当回事。

在张弛的描述里，狗子早上起来有一套仪式，不完成是不出门的。烟得抽足，茶得喝透，屎得拉痛快，并且发呆、读报、听广播，按部就班之后，方才开始一天的生活。这是怎样的习性呢？眼耳鼻舌身意都得活动开了才能见人。这种节奏和习气，说明狗子前世很可能是一位贵族，出身应该不在太宰治之下。

回来后，制作遥遥无期，因为资金、剪辑方案（张弛力推西风）等问题，几次面临绝境，好在大家齐心协力，纪录片大获成功。

23 《琉璃琉器》的尘土

近年,张弛重操旧业,开始热衷收藏。外出时经常转古玩市场,我总说他买的东西太便宜,他说我是价格决定论。

2016年,张弛出了本《琉璃琉器》,这是他第一部有关古董的书。一看书名,就知道出自张弛之手。狗子在书评《历史在别处》中也谈到了书名:

> 我还没见过除了老弛还有谁在作品名字上这般讲究的。我说讲究,可能不准确,在给自己作品的命名上(也包括给朋友起外号,据说鲁迅也有这毛病),老弛不是煞费苦心搜肠刮肚那种,他靠的是灵光乍现,脱口而出。比如,《像草一样不能自拔》《跟范哥犯葛》《发乎情,止于非礼》《素食有素质》《另类令我累》

《错觉悟》……还有最新的这本《琉璃琉器》。

我猜,老弛的很多作品都是从名字开始的,至少,一个好名字,会加速他从酝酿构思到具体操作的过渡。

当然,光有一个好名字是远远不够的,名字对老弛来说大约就像一块心病。有时是当这块心病解除之后,一部作品的创作就算真正开始了;有时是作品已经完成,等待那名字闪着光降临;当然也有时(也许是更多时候)作品写到一半,它自己就给自己命了名。就我所知,《琉璃琉器》大概是第一种。

张弛这本书主要讲他在外地考古购物的经历,似小说非小说。在访谈中他说:

> 唐大年这么说可能是觉得我过去太非理性、太浑了,而现在变得理性了。比如我分析一个器物,除了用科学、理性的方法之外,没有其他方法。这其中你可以有你的个人感受,但入手肯定得用一个理性的方法。这样的话,人做事就会有条理,叙述东西就会考虑得周全。落到跟朋友交往上,别人可能会觉得你严谨了一点。一个理性的人就会给人成熟的感觉,这跟

年龄无关。

在看张弛这部新书时,我还观看了张弛的两部新电影:《一个啤酒主义者的独白》《你到过杨Ling吗》。你说那是故事片吗,如同问这书是小说吗一样。

《琉璃琉器》分成"琉璃""琉器"两部分。"琉璃"讲春秋历史和琉璃本源,旁征博引加小道消息。"琉器"讲张弛等人2015年春在太湖一带的旅行,有实地考古问训,有吃喝玩乐的消遣。张弛把这两部分称为两只鞋,我们把这称为互文性。就像张弛找了杨立峰和狗子分别作序,一个讲考古,一个讲喝酒,知识生活两不误,也分不清。

"琉璃"的编目大多和器物、动物、植物的名称有关:芩草、怒蛙、芑萝、妆奁、苞芽、鼋鱼、九鼎、马镫、蕈、桑蚕、弓弩、剑道、吴钩、鸥夷子皮、蜉蝣、白马、麒麟等等。"琉器"的编目大多和地名、菜名有关:七里山塘、阊门、胥门、灵岩山、穹窿山、虎丘、花神庙、阳山、阖闾城、无锡、杭州、诸暨、绍兴、仓桥、仰山、藏书羊肉、银鱼涨蛋、无锡排骨等等。

说起游走的生活,往往不是那样完美,沉浮着污泥浊水,翻卷着昏天暗日,一片狼狈不堪。这就像两层皮,互

张弛和毛驴

为假托，如同张弛的两种文本。我在书评《琉璃琉器与流里流气》中写道：

> 所谓知识考古学，是借用田野作业发掘历史遗迹的一种比喻性说法，实际是指一种挖掘知识的深层，在现存的知识空间中拾取历史时间的因子，从而发现被现存历史埋没的珍贵的历史线索，进而对现行知识做进一步解构的思想史方法。换言之，福柯的考古学就是对知识的先在结构作本原的揭示，然后对各种话语出现的条件、变化的形式以及规律进行分析。
>
> 张弛煞有介事的考据训诂，不但要像考古学者一样还原话语产生之前的原状原貌，更要对形成的因素一一进行甄别、检视、敲打、触摸，辨识其背后的面孔，寻找权力角逐的根源。还要在现实的插科打诨中挥洒反文化的流里流气，完成对历史存在的消解。
>
> 张弛在书写文献中完成了对人们津津乐道的英雄史诗、文学意义的重新审视，发掘出令人惊诧却极具说服力的命题。
>
> 张弛喜欢从具体而微的历史事件说起，在别人似乎不曾注意的"下脚料"中寻找需要的材料；但他决

不对事件和事物本身过多纠缠,而是细细考量对事件和事物的各种各样的叙述,也即他一贯所谓的"话语"。

张弛对琉璃琉器价值的追逐,与对流里流气人生观的践行,是高级黑和自暴自弃,他始终关注人的身体在历史和话语之间所呈现的姿态,玩笑和误会往往就是因为同音的那几个字。

阿坚在《〈琉璃琉器〉出土啦》一文中,把张弛称为"盗墓者":

> 张弛是个盗墓者吗?不知道。反正他家里有不少古墓出土的物件,至少他是个盗取墓中文化的人。盗亦有道,言其"盗"是指其作品经历了洛阳铲的勘探、星夜挖掘的诸多不为外人道的辛勤与特技。上次他献给大家的《兖州子母塔盗窃记》,讲述了唐代与 20 世纪末的故事。这次的《琉璃琉器》,溯到春秋又插回 2015 年,是大家没见过的新宝贝,接上了南昌海昏侯展之后我们好古的眼光。
>
> 张弛为这书下了比往常更大的功夫,去过古法琉

璃窑址和现代的料器厂（他多年前在琉璃厂开过店那不算），细心访问了吴越旧址，踏遍洛阳、德州、保定、济宁、曲阜、杭州等文物市场，喝了多少顿大酒花了多少银子不算，三年积劳，他的头发更少，皱纹更多了。图啥呢？稿费不抵投入的十分之一。他好这一口，喜欢就是最大的价值。

十多年前的《我们都去海拉尔》，是其由笔头代替火车头，怎么好玩儿怎么跑，就像首长的专列，停、开自主，快、慢随意，那书能看出张弛的灵光自由以及大方挥霍。而《琉璃琉器》则是被历史规定了线路，被重大事件规定了停车的站台。这趟旅行是受严格限制的，不允许满嘴跑火车，也不允许私搭货物，所以，自由只能在复杂的迷宫里玩，才华也得剁碎了掺在平和里。不少段落能看出写作时的憋屈，引而不发，作者把发挥想象的能力交给了读者。

24 《面具》之隐

疫情期间的一个晚上,我和狗子、亚林在微信上云喝,亚林当时正在烟台的酒吧里喝酒。那边信号不好,他在手机前大声地喊着"狗子",他邻桌一个正在喝酒的美女跑过来,问亚林:"你是在和北京的狗子云喝吗?"她一眼看见手机屏幕九宫格里的狗子,上来打招呼,还说:"我早就关注你们西局书局的公号了,总在照片里看见狗子。"

狗子自然又是一副得意忘形的样子。在西局,狗子一直是靠卖面相赢得粉丝的,特别是女粉丝巨旺。狗子的人模狗样总会给那些爱慕虚荣(文学)的女孩,留下深刻印象。不知是他的"慈眉善目"获取了她们的芳心,还是他那硕大的蒜头鼻子,给了她们某种满足的暗示?

说到狗子的面相,张弛手里有一件"虎食人"面具,和狗子还真有点相。张弛在 2020 年出版的《面具》里

写道:

> 凭我的直觉判断,它属红山文化中晚期,距今大约三四千年。最为特别的是这件器物的器型在红山文化玉器中尤为少见,在我收藏的众多面(饰)具中,也是最特别的一件。红山文化给人的印象多为生殖崇拜,不是男祖就是女阴,再不就是丫形兽或玉猪龙什么的,当然也有勾云玉佩。据认为这是古人对天体的模拟,在当时属于先进文化。

其实,早年张弛往饭局上带的美女要比狗子多得多。那时的张弛容光焕发,酒色财气俱佳,声色犬马旺盛,像我这样一直旱着的穷人,看上两眼,也算沾光。

随着年龄的增长,张弛变得越发沉稳厚重,似乎土埋了半截,人也自然而然地接近了考古地带。我们失望地发现,他越来越少带美女出席饭局,开始改往饭桌上带古董了。改邪归正的张弛,一边炫耀着从挎包里翻出一件件古董,一边如数家珍,侃侃而谈,透着一身的渊博。就像当年他对某个美女的深刻解剖,去伪存真,最终落实到以貌取人。过去他揭开的是姑娘的面纱,如今他揭开的是古人的面具。

在张弛的收藏里,面具是很重要的一块儿,也常听他念叨。狗子说,有次喝酒,张弛丢了包,包里有他刚收来的面具,为此他之后几天跑了三家派出所,还真把监控调了出来,监控里但见凌晨时分他空着手晃晃悠悠在家门口下了出租车(亲眼见证了他每每自比的"一身酒气,两袖清风"),估计丫当时被自己如此之心无挂碍的样子气坏了……包最终也没找到,他心有不甘,专门就这个事写了篇《寻物记》,进行了一下自我疗伤。

狗子对收藏一窍不通,但还是硬着头皮写了读后感,他在文尾说:

> 如果说在文明进程中我刚刚步入甲骨文时代的话,那阿坚就还停留在结绳记事时期。他坚持不用智能手机,坚决不学习打字,为此他儿子经常嫌他不学无术不求上进,然而为了回复约酒短信,他还是迫不得已掌握了两个表情符号——来和不来。

我也写了一篇书评《面面俱到》:

作为小说家的张弛对古物有着充足的想象力,何况他最近也热衷写诗,加大了对古物的敏感。张弛不仅从文本上对古代面具这一专题进行研究,还亲自在古玩市场交学费,到各地博物馆隔着展柜玻璃揣摩,甚至到考古墓地观摩。

那年我和张弛一同去山西博物馆参观,其中有个临汾古墓遗址复原展,介绍说墓主人下葬时,不仅手上戴着绿松石饰品,脸上还洒满了花瓣。张弛在书中写道:"由此可见,当时的人已经对死亡有了超自然的认识,这些花瓣也可视为最早的面具形式。"

我和张弛去年在老卢的引领下到扬州汉王墓挖掘现场参观,在那里我们见到了南京博物馆考古研究所的李则斌,他曾发现过一枚著名的汉代玉带钩,引出"长毋相忘"的佳话。张弛眼睛直勾勾地一直盯着墓底泡在积水里的金丝楠木。我本想捡个金缕玉衣的残片,却只捡了一个漆器的漆片,不过好歹也是两千年前工匠刷的漆。

阿坚用纸条写了《读张弛新书》:

> 看热闹者可怀喜剧之心,探幽秘者或可会鬼魂之

人间大使,须胆量富弹性,铤而走险者估能获些生死之悟。

几千年前的面部器物,与现代艺术有不谋而合之处。空即色,古即今。

张弛不惧将那么多殉物置于自室,估夜深常有暗波对流,非一般功夫。或有意向地藏菩萨微笑,挠魔鬼痒痒。

张弛不怕大酒,不怕当恶人,不怕情色,此三不怕能采集俗间能量,不俗。

张弛通过书中展现的有关死去的昆虫、梦死亡、梦鬼魂、天堂之泪、藏骷髅件的面具,以此探讨生死。有纵横,未深剖,戛然而止,饶过了读者。

非科学的范围更广阔,也给不甘逻辑又喜欢造句的人留下空间,天高任鸟飞吧。

张弛感觉我们都没说到位,就自己动手写了篇《巫术、面具及巫婆》:

> 其实在上古,巫师拥有无上的地位,因为他们声称自己具有在天神和人类之间的沟通能力。这些巫师

通常也是部族首领,因为他们的王权是天神赋予的。

后来可能因为要托天神办的事情太多,部族首领忙不过来,才有了专职的巫师。这些巫师与天神的沟通能力大打折扣,他们的工作主要是给各种神灵提供贿赂,他们的形象也因此一落千丈。河伯娶亲就是一个例子,记得夏天我在一次直播节目中讲过这个故事。河伯原名冯夷,有一次过黄河时不小心被淹死了,就被天帝任命管理河川。不过,河伯生性风流,喜欢年轻女子,稍不如意就让黄河泛滥一下。

张弛说:"巫无止境,学无止境。这才是我想说的。"

25　与阿坚

张弛知道我在写阿坚,对我说:"阿坚这几年学会了躲我和西局,一到西局有活动,他就采取不配合姿态。然后找个借口,躲到外地,这都很有意思。"张弛还说:"阿坚躲很多东西,我生日那天,头一天我发短信,请他赴饭局,他还不吭声呢。我生日当天,他就带着孙民,匆匆坐火车跑到外地去了。阿坚也不说假话,他在北京说不来就不来吧,也不找个借口,非要真的去外地,哪怕是临近的一个县城,还要花上一笔车票钱,然后发短信说谢谢邀请。"

我对张弛说,今年阿坚躲啤酒花艺术节时,我和他说,躲在外地,不许发所谓的"贺电"一类,让活动转发,刷存在感。所以他才不好意思发贺电的。

这么多年阿坚和张弛在一起玩,但多少有点貌合神离。我认为这和他俩早年结下的梁子有关。

80年代末,张弛费尽心机在民族文化宫给贵州一位画家办画展。他主要是心仪画家的夫人,一位美丽的女诗人。但其间,阿坚不知什么原因和那位女诗人走得更近,甚至当着张弛的面把人带走了。张弛从此对阿坚疾恶如仇。

后来因为狗子,他们重新聚首,但为争夺带队伍的主导权甚至喝酒的定规矩权,常常话不投机,唇枪舌剑。

张弛对阿坚的文风、做事方式、出行习惯、点菜水平,都颇有微词。

当然,张弛也尊重阿坚的审美取向,他承认西局办的这几届啤酒花艺术节虽然上了档次,但阿坚、小华办的第一届,才是最正宗的,体现了不合作的宗旨。

今年,张弛和阿坚吵架后,好久没有联系。张弛在和左梨的对话《西局的绝望在何处终结》中,谈到了他和阿坚的关系:

> 张弛:其实,我对阿坚有的时候比对我爸还尊重,总觉得他生不逢时。如果换到古代,他一定是《水浒》里的人物,聚啸山林,整天吃吃喝喝。现在看来,就是一群乌合之众。
>
> 左梨:阿坚说他自己是傻×之父。

张弛和狗子醉在路边

张弛：呸！难怪他儿子当众骂他。

……

张弛：我看他后来在烟盒上写的那些东西，也不怎么提我了。最近写的一次，只有只言片语，又说我有才而恶，估计心里还在记恨我呢。

左梨：你对他是真爱，还追着看他的烟盒帖。你俩有一种互文性。

张弛：我觉得也是，所以说我们是冤家。

左梨：浇浇更健康。

张弛：呵呵，阿坚所说的恶，在我看来，不过是小奸小恶。记得有一次我们去宿州玩了几天，回北京的时候，几个人在宿州高铁站抽烟。看有工作人员前来劝阻，我们就把烟掐了。只有阿坚不肯，于是他们叫来了警察。我至今仍然清楚地记得，面对那些警察，阿坚毫无惧色，手指上夹着的半截烟头，仍然冒着缕缕青烟（时间一分一秒地过去，那烟后来是燃到头了自己熄灭的）。

丹洵看了这篇对话，对阿坚说，字里行间感到张弛的一片温情。

张弛：如果要让阿坚杀人放火，估计他没这个胆。过去就难说了，现在岁数太大了，上公共汽车都有人给让座了。阿坚是这样的，一开始他就能写好，但他偏偏不好好写，假装特别没正形。这也是我后来才发现的，但我不知道他为什么要遮遮掩掩。

左梨：你不也一样，明明能变得很崇高，但偏偏于转折处停下来了。

张弛：也是，崇高的代价太大了，阿坚可能跟我的情况类似。其实我们俩很像，只有一个齿轮不和。开始他出门还记流水账，现在流水账也懒得写了，都是孙民替他记的。其他方面也是，比如过去他吃东西相当挑剔，自己也会烧菜，做红烧肉炸酱面之类。现在不但粗茶淡饭，吃饭时还吧唧嘴。

26　与狗子

有一年冬夜,张弛、狗子、高子鹏喝完酒,张弛见他俩都已大醉,说打车送他们回家,狗子在车上大喊:"人生的尽头在哪里?"张弛和司机说去八宝山。到了八宝山墓地大门,张弛说,你们到家了。狗子、高子鹏下了车,张弛坐在车上扬长而去。现在,李雪琴她妈说:"人生的尽头是铁岭。"

有一年夏天,狗子喝大了,睡在路边,早晨有路人报警,警察查看狗子兜里的手机,看到最后一个来电是张弛,便给张弛打电话,张弛还在睡梦中,只好打车来接人。

最近,张弛在电话里对我说:"我和狗子现在已经越见越少了,也没什么共同语言了。我有时候问狗子,我说最近见过阿坚吗?狗子就俩字儿:没见。然后就没有下文了。"

在张弛和左梨的对话《西局的绝望在何处终结》中，也谈到了他和狗子的关系：

张弛：想起来时间过得真快，前两天整理东西，发现一张狗子把小柳压在玉米棒子堆上的照片，感觉是红高粱中的场景。当时他俩还没结婚，现在小狗开学都四年级了。唉，要说转世灵童，小狗才是我的转世灵童呢。后来狗子娶了小柳，还在我生日那天怀上了小狗。

左梨：瞎说呢吧。

张弛：狗子亲口跟我说的，小柳也说，狗子那天喝大了，回家后强行跟她发生关系。

左梨：就在你生日那天？

张弛：对，这么多年来，狗子跟我的关系一直就是这样，他的欢乐总是建筑在我的欢乐之上，我打算哪天把那张照片送给狗子。记得当时我们一堆人去东北抄我爸的老家，实际上是替我爸去的。我爸自从年轻时离开那儿，就再没回去过。

左梨：能看出来，你俩都有弑父情节。

狗子在《迷途》中，谈到张弛：

有人跟我说老弛就是一个老顽童，有人说他是一个活宝，也有人说他就是一个能侃山的新八旗子弟，也有人仅用两个字形容他"聪明"（听着似不像夸奖），还有人说他不畏强权——指他在酒桌上对大官大款大腕一视同仁一个都不宽恕（这里插一句，我知道他畏什么，他畏地痞流氓疯汉泼妇）……这些似乎都沾边，但又都不确切。像老弛这种人，喜欢搞怪、行为乖张几乎成了他的一贯作风。

那时我在广东，有一天早晨起床，刚按开手机，几乎在信号接通的同时，电话铃声也响了起来，那原本悠扬的音乐在这个安静的早晨显得急促甚至有些跑调。我纳闷谁这么早来电话啊，一接，只听电话那头一个沉闷沙哑的男低音：狗子吗？我听出是子鹏，我说是啊，怎么这么早？子鹏的嗓音顿时高亢明亮起来：你没事吧？还在广东吧？我说对啊没事啊怎么了？子鹏说，老弛昨天夜里给我打电话说你在那边出车祸被撞死了，丫他妈是人吗，哥们一夜没睡……

子鹏是西北人，以憨厚耿直一根筋著称。据说，那天夜里张弛也把这"消息"通告了阿坚，阿坚就奸，压根不信，不过他不信的理由是这样的：怎么可能撞死呢，绝对不可能，要死也是喝死啊。

狗子还写道：

> 我也曾跟老弛聊过人生爱情理想这类"严肃话题"，他的说法都挺感性的，比如关于宗教，他说他觉得那就像是一个深不见底的坑，他怕探头探多了被里面伸出的一只手给拽下去；比如关于偷情他形容为"穿着衣服洗澡"。甭管喝得多大，这些问题在他嘴里都不会走形，在这方面，他的路子似乎又很实在。
>
> 对于老弛来说，这个社会就像一架运转精确冷酷无情的大机器，他想做这架大机器的一把沙子，而且大约是做到了。然而他不仅没有阻碍这机器的运转，相反还让它运转得更有声有色，想不到这社会是需要这种沙子的。因为过度完美的运转会导致摩擦系数为零，它或许会因此失控以致瘫痪，它需要小小的阻挠和捣乱，以此来显示其强大的不可阻挡的力量，它需要绊脚石，需要将它们一脚踢开的快意……

张弛说，西局的所有活动都是为了狗子。前年文学奖给了狗子的女粉丝王芝腾；去年集资为狗子去日本寻找偶像太宰治；今年办啤酒花艺术节，选在5月28号狗子生日这天，算是送给他的一个礼物。

张弛说着说着，大有伤心之意。

张弛说狗子是白眼狼。狗子多次拒绝赴张弛的酒局，张弛不好意思打电话约他，便到狗子家楼下的贾三包子去吃包子，还发微信，暗示狗子，并写了诗：

> 出门前，看云彩的形状
>
> 就知道包子快蒸好了
>
> 走到半路，迎面
>
> 走来两个士兵
>
> 两人都是正步
>
> 但一个甩手
>
> 一个不甩
>
> 这关系
>
> 就像我和狗子

张弛对左梨说：

狗子现在特别绝望，他就剩下养小狗一件事了。写东西完全废了，你想想看，前些年他还热衷谈论爱与死，现在这个话题好像也引不起他的兴趣了，总不能回过来谈论美食吧。好在他的长相比较符合大家对一个作家的想象，所以现在狗子不过是在扮演一个作家。有些人对狗子好奇，给他抛头露面的机会，狗子也不傻，借机满足一下自己的表演欲。我发现平时越是目中无人的人，像狗子这种，表演的时候就越投入。

今年年初，张弛因为腰椎骨质增生，在家养病。狗子、大辛和小于小彬他们来家看他，当时的气氛还是很温馨的。张弛说："他们走的时候都依依不舍。但后来大家突然都冷漠了，也不是说有什么敌意，但是比敌意更可怕，感觉到头了。"

左梨：你跟狗子也打过架吧？

张弛：好像就一次，也不过是三拳两脚，狗子身上没肉。

左梨：想不到你俩那么好也会打架。

张弛：那不叫打架，其实也是赶巧了。应该是很多很多年以前,我们几个人一起去蓟县,别人去爬山,我跟狗子在住地喝了好几瓶红酒。山庄的院子里养了几条大狗,都在笼子里关着。我跟狗子分别喂两条大狗肘子,后来就把那两条狗放出来了。想不到它们一出笼就咬了起来(狗子喂的那只稍微占了一些上风),那才叫狗血淋头,饲养员用比擀面杖还粗的棍子打折了都分不开它们,山庄的女服务员吓得直哭。

左梨:然后你们就打起来了?

张弛:当时也没有,但是情绪上肯定受了一些影响,一路上两人都憋了一肚子气。长途车到了北京,刚下车我们就打起来了(也可能是上车之前打的,记不太清楚了)。也不过是三拳两脚,就被拉开了,然后就一起吃夜宵去了。

张弛不承认西局就这么到了后西局时代。他说:"大家还没死,所以还不能太着急。我一直这么以为,西局这帮是北京最后一拨文化人,任何人无法取代。"他还说:

鼠年,西局的群没了,我们还在怀旧,其他人已经走向未来了,所以,散。他们都认为文学死了,我也觉得死了。我觉得我,阿坚,狗子,不管我们之间分歧有多大,但我们肯定是北京最后一拨儿有意思的搞文学的人。目睹着自己的文学生涯死亡,目睹着多少年的友谊结束,我觉得是一个很残酷也很有意思的事儿。很多人都没这个机会了。

27　花甲之年

张弛的生日是 10 月 14 日,今年他正好 60 岁。张弛要大办生日宴,老鸭说一般人不过整数生日,而且 14 日也不吉利。张弛执意要办,在八先生火锅店,来了 20 多人。

不久,张弛拿出了新作《花甲之年吃花甲》,可惜比生日晚了几天。

花甲就是花蛤,一种好吃的肉。新书还有个副标题:大宋王朝的优雅与粗鄙。张弛说,我个人喜欢宋代,主要是因为宋代没有宵禁,可以夜间出来混小酒馆。

张弛显然不是写什么宋史,他是借这个花甲之年,圆自己一个梦。丁小二很快写了书评《老弛的花甲》:

明显就是——宋朝西局。

全书一看,四五十个标题,四五十个地方,全都在大宋王朝。果然有一个西局,张弛,狗子,阿坚,高星——四大金刚,一群才子,东游西荡,南来北往,又笑又谈,又吃又喝。北京西局——被张弛写到或写成——大宋王朝,一般人恐怕难以想象,也没有人会去瞎想,好像也只有西局局长,穿越时代局,跨越断代史,不知什么文体,小说吗,散文吗,虚构吗,非虚构吗,统统不是,只能叫张弛体。

天下没有这种写功,文学更没有这种叙述,一边宋朝人,一边现代人,你看我,我看你,你喜欢我,我喜欢你,就像老鼠爱大米,想写就写,扯到一起,共同鬼混,天经地义,吃喝拉撒睡,风光无限好,文人不相轻,真是不容易,没有病毒,没有口罩,一个好日子。

其实,这本书主要写的是李清照的传记,估计没什么人像张弛这么精通李清照的床:

屋子的左侧(也就是西侧),是李清照和赵明诚的卧室,摆着一张大床,床上叠着几床被子——要比李清照在青州的卧室齐整一些。床底下放着一个水壶和塑料脸盆。屋里还有两个暖水瓶,一个电暖气和一把躺椅(上面还铺着棉垫),衣架上挂着几条毛巾,估计服务员平时就在这里休息。

狗子在《寂灭》中评论:

> 我问过他多次,为什么是李清照(包括西施范蠡)而不是别人?他的回答每次我都听明白了但转眼又忘了。现在我有点真正明白了,这个问题应该反过来问,为什么不是李清照或者西施范蠡?别忘了,张弛早年其实是个诗人,虽说他后来对这一称谓和诗人群体嗤之以鼻。小说是后来的事。现在看来,小说很有可能一直都是他的诗歌的变体,这一点似乎越来越清晰。
>
> 对张弛来说,宋代并不遥远,春秋就在眼前。李清照不重要,西施范蠡不重要,我们更不重要,重要的是总有些东西还在或明或暗地闪烁,总有些声音还在忽远忽近地回荡,让人难以将息……

至今思项羽,不肯过江东。狗子在文中悲凉地回忆:

张弛近照

大约 20 多年前一个夏天的夜晚，我和张弛坐在三里河回民区的一个街边摊喝酒，那时我常在那一片活动，张弛住木樨地，离这儿不远。大概因为就我们俩，我便抛出了我的招牌问题：人生的意义是什么？或者说你为什么活着？记得当时张弛不假思索脱口而出：我为我妈活着。然后又说，人三十之前为自己活，三十之后为别人活。那时张弛三十多岁。

20 多年过去了，我已"年过半百"，张弛马上就要步入"花甲之年"，引号里的词似乎只适合古人，我和张弛好像都没怎么变，就好像我们生来如此，且将永远如此。我们还在喝，也还在写。据说人过中年，易走两个极端，一种是幡然醒悟回头是岸改头换面重新做人，一种是愈演愈烈穷凶极恶一条道走到黑。这两种都是真假好坏难辨，但无论真假好坏，我和张弛大概属于后者。

酒不提也罢，写作上，张弛应该早就度过了闷坐一天一个字写不出来的苦境，他现在的写作，让我想起他经常在酒桌上浪的那句普拉斯的诗：我吞噬男人，就像呼吸空气。他现在的写作就像呼吸空气，而他吞噬的，我以为是虚无。

大概几年前的一个后半夜，我刚要睡下，楼下有人按门铃，是张弛。他明显喝了，而且好像摔了，因为衣服上有好多土。他进了我那逼仄的小屋直接上床背身面墙和衣而卧，我急不得恼不得，坐在一边不知所措，如此这般鸠占鹊巢莫非要我打地铺？还好，僵了大约半个小时，他翻过身问我要纸笔，我极不耐烦地递给他圆珠笔和几张便笺纸，他趴在床头柜上刷刷刷狂写一气，然后坐起来喝了口水说我走了。我长舒一口气，目送他晃晃悠悠出门，一句话没说。

我并没怎么担心他的安全，相反我倒是怀疑丫是不是又酒后闹事被人追杀慌不择路逃到我家暂避风声，甚至不是慌不择路，而是不想暴露自己住哪儿故意虚晃一枪奔我这儿就为转移目标？多年来，我和张弛就是这么过来的……这就是朋友，我们竟然还都需要这样的朋友。

那天张弛在我床头留下的那几页便笺纸，每一页上都是力透纸背（确实有两张被戳破了）的两个大字：寂灭。

后记

这几天,阿坚正带着孙民、天晖等人在江阴玩"从头开始"之旅。据说是天晖的创意,源于一段和头有关的历史。

1645年清兵进军江南,多尔衮下令再次颁发"剃发令",规定全国官民,京城内外限十日,全部剃发。其执行口号是"留头不留发,留发不留头"。江阴为抵制剃发令,在典史阎应元和陈明遇、冯厚敦等人率领下,与清军进行殊死战斗,后全城殉国,无一人投降。因战事长达81天之久,史称"江阴八十一日"。

阿坚的所谓几日游,不过又是每天在宾馆里写"抽屉诗",无外乎是把他身边那些残兵败将的名字,揉进诗里。估计他对宾馆抽屉的要求,比对床的要求还高。

这么多年下来,阿坚抵抗的到底是什么呢?是与精英文化不妥协？还是誓死不玩微信？阿坚的"从头开始"和崔健的"从头再来"有着某种暗合，但阿坚"来"的太晚，也只限"始"于足下，因此也就真的只剩下的形式了。

这几天，张弛也没闲着，正在大肆操办啤酒花艺术节，这已经是第七届了，正好赶上西局五周年庆典，就合在一起办了。二河开艺术园区提供了场地和餐饮住宿，正小闲赞助了白酒，张彦赞助了红酒，牛啤堂和韩永坤赞助了啤酒，老猫拿来了黄酒，甚至还有穿西装的帅小伙在台上拉小提琴，一切都有鼻子有眼。

阿坚如故，躲在别处。狗子也在外地。张弛一人操持活动，事无巨细。

活动除了给李晏颁了个奖，主要就是放映小华拍的两部纪录片。一部是《告别》，有关刚刚去世的赵已然，小华几乎陪他陪到去世前。片中有赵老大在2018年的最后一次演出，唱的是《再回首》，虽然是翻唱流行歌曲，却唱出了不一样的感觉。那种彷徨无助的倾诉，叫人潸然泪下。于一爽说他唱的已经不是歌了。赵赵引用波德莱尔的诗评论："也许你我终将行踪不明，但你该知道我曾为你动情。"片中有一段是狗子和唐大年去看赵老大。张弛对此不屑一顾："他俩在赵老大面前，像小丑一样。"

另一部是《十字道》，内容是阿坚、孙民、曾德旷爬山去门头沟十字道的安大爷家，他们在山顶给小招修了一座砖塔，曾德旷还在山上的废村里开了"负诗歌"个人演唱会。他在《在华山》歌中唱道："牛粪冒着热气散落在路旁，星星眨着眼睛升起在山岗，我一会儿看牛粪一会儿看星星……"

豪华盛宴的背后，全是如此这般的凄凉。

狗子利用休假，跑到赵县柏林禅寺，会明海大和尚去了。他回来说，并没有见到明海大和尚，也是，人家现在是佛教协会副会长了，也不是总在寺里。狗子每天无所事事，就在寺里待着，提前进入休养生息的状态。最大的收获是少有的这么多天，狗子肚子里一直没有酒水。

我最近写了一首诗《如果没有，就可能不会有》，其中写道：

> 现如今，阿坚在石景山的古城
>
> 张弛在大兴的黄堡
>
> 狗子在朝阳798的星城国际
>
> 我在怀柔的桥梓
>
> 我们东南西北，各守一边

我们四个人的地理位置，似乎预示着各自的渐行渐远，以及我们面临的不可救药的破碎。当然，七零八落破碎的，不只是我们的西局，也是整个的文化现场。"从头开始"是阿坚一贯的英雄主义趣味，他要的就是做实一种悲壮挽歌的姿态。

其实，我写这本书又何尝不是一种"追忆"。用阿坚的话说：这本书一点价值都没有，是"垃圾"。他的这种愤怒，我知道从何而来。他不仅要否定记忆，还要否定时间，他的不满其实也是对张弛和狗子的不满。

本书的部分内容，是平日在西局公号上发的文章，受到陈卓老师的青睐，鼓励我汇集改写增补。他们的故事本来就很生动，应该说，没费什么工夫。

尽管阿坚、张弛、狗子都是无所谓不计较的人，但我笔下还是有所顾忌：写阿坚出格的话，出版社不干；写张弛出格的事，张弛不干；写狗子出格的情，他老婆不干。邹静之说，这本书应该按日记体，按去文学化的风格写，纯粹写实记录。我一听，头都大了。因此，我这书写的和出的也并不算容易。

           2021 年 10 月 20 日，北京

补记

书一天不付梓,故事一天没完。

赶时髦的阿坚近日写了一首《元宇宙的小歌》,在北京《十九诗人诗集》诗会上振振有词地读着。

> 我吃了一块天鹅肉
>
> 它的味道里有新自由
>
> 不要以为我在吹牛
>
> 我刚刚去了元宇宙
>
> 可是我现在又饿了
>
> 并且我的钱不是很够
>
> 但我可不是吃素的
>
> 只好买碗皮蛋瘦肉粥
>
> 我刚刚认识了一个女朋友
>
> 可是我还没拉过她的手
>
> 孤独的夜晚猫老叫唤
>
> 圆不了房我就圆宇宙
>
> 风流让我忘了我姓啥

宇宙是圆是方

我啥都不愁

除了停电的时候

除了没钱的时候

      2022年1月23日,北京

图书在版编目(CIP)数据

三仙汤 / 高星著. —南京：南京大学出版社，2022.5
ISBN 978-7-305-25079-8

Ⅰ.①三⋯ Ⅱ.①高⋯ Ⅲ.①随笔-作品集-中国-当代 Ⅳ.①I267.1

中国版本图书馆 CIP 数据核字(2021)第 220104 号

出版发行	南京大学出版社
社　　址	南京市汉口路 22 号　　邮　编 210093
出 版 人	金鑫荣
书　　名	**三仙汤**
著　　者	高　星
责任编辑	陈　卓
书籍设计	周伟伟
照　　排	南京紫藤制版印务中心
印　　刷	南京爱德印刷有限公司
开　　本	787×1092　1/32　印张 12.75　字数 248 千
版　　次	2022 年 5 月第 1 版　2022 年 5 月第 1 次印刷
ISBN	978-7-305-25079-8
定　　价	59.00 元
电子邮箱	Press@NjupCo.com
网　　址	http://www.njupco.com
官方微博	http://weibo.com/njupco
官方微信	njupress
销售咨询	025-83594756

版权所有，侵权必究
凡购买南大版图书，如有印装质量问题，请与所购图书销售部门联系调换